* moon hills

magic Jewelry *

講談社

もくじ

ムーンヒルズ魔《ま》法《ほう》宝《ほう》石《せき》店《てん》へようこそ

月《つき》が丘《おか》にぽつんとたたずむ「ムーンヒルズ魔法宝石店《まほうほうせきてん》」。そこではたらくことになった魔女《まじょ》パールは、自分《じぶん》が宝石《ほうせき》と話《はなし》ができる特別《とくべつ》な魔法《まほう》の力《ちから》をもつ「ジュエル・リスナー」だと気《き》づきます。その力《ちから》を生《い》かしてジュエラー魔女《まじょ》になる決心《けっしん》をしたパール。ほこりだらけの古《ふる》い宝石店《ほうせきてん》をおとずれるお客《きゃく》さまのためにジュエリーをつくり、一人前《いちにんまえ》のジュエラー魔女《まじょ》をめざします。

セレニティス

「ムーンヒルズ魔法宝石店《まほうほうせきてん》」のあるじで、天才的《てんさいてき》なジュエラー魔女《まじょ》。魔女《まじょ》ならばだれもが知《し》っている「意地悪魔女《いじわるまじょ》」で、その罰《ばつ》として呪《のろ》いをかけられ、500年前《ねんまえ》に絵《え》にとじこめられたと伝《つた》えられているが……。パールと同《おな》じ「ジュエル・リスナー」の力《ちから》をもっている。

メーター

よいことやよい考《かんが》えをすると目盛《めも》りが上《あ》がる。メーターのひみつが、この巻《かん》であきらかに……。

マイカ

パールの友《とも》だち。「アラバスタ・ルース店《てん》」の孫娘《まごむすめ》。宝石《ほうせき》が大好《だいす》きで、勉強熱心《べんきょうねっしん》。

グラニット

「アラバスタ・ルース店《てん》」のあるじ。マイカのおばあちゃん。

パール

ムーンヒルズ魔法宝石店《まほうほうせきてん》にやとわれ、セレニティスの弟子《でし》になった。一人前《いちにんまえ》のジュエラー魔女《まじょ》をめざしている。宝石《ほうせき》とお話《はなし》ができる「ジュエル・リスナー」の力《ちから》をもって生《う》まれた魔女《まじょ》。

アメジスト

パールがラヴィニアのお母《かあ》さんのためにえらんだむらさき色《いろ》の宝石《ほうせき》。「健康《けんこう》」を願《ねが》ってくれるやさしい水晶《すいしょう》。2月《がつ》の誕生石《たんじょうせき》でもある。

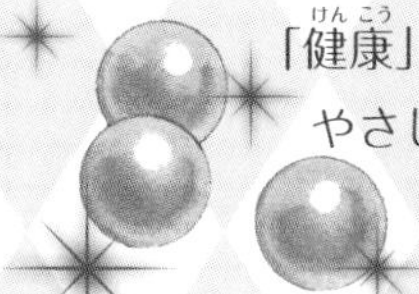

アパタイト

パールがラヴィニアのお母《かあ》さんのためにえらんだ青《あお》い宝石《ほうせき》。「家族《かぞく》のしあわせ」を応援《おうえん》し、かがやく。

ペリドット

グラニットがパールにおくった宝石《ほうせき》。パールの夢《ゆめ》がかなうように応援《おうえん》してくれる元気《げんき》な宝石《ほうせき》。

500年前《ねんまえ》のアンバー

アンバー

セレニティスのめしつかい猫《ねこ》。口《くち》が悪《わる》い。「意地悪《いじわる》」の罰《ばつ》として変身《へんしん》の呪《のろ》いをかけられ、500年前《ねんまえ》に子《こ》パンダの姿《すがた》になったと伝《つた》えられているが……。

ラヴィニア

リリアーノの子孫《しそん》。素晴《すば》らしい絵《え》を描《えが》く画家魔女《がかまじょ》。コーラルの友《とも》だち。

コーラル

すてきなジュエリーをつくるクラフト魔女《まじょ》。星《ほし》が丘《おか》に住《す》んでいる。

セレニティスの「やりたいことリスト」

月《つき》が丘《おか》のてっぺんに、ぽつんとたっている古《ふる》めかしいお店《みせ》「ムーンヒルズ魔法宝石店《まほうほうせきてん》」。お店《みせ》のドアには「一時《じ》までランチのため閉店中《へいてんちゅう》」という札《ふだ》がかかっていました。今《いま》ちょうどお店《みせ》から出《で》てきた魔女《まじょ》パールが、その札《ふだ》をはずそうとしているところです。お昼《ひる》を食《た》べたばかりだというのに、パールは少《すこ》し不満《ふまん》そうでした。

「あんなにメチャクチャなお料理《りょうり》は初《はじ》めて。毎日自分《まいにちじぶん》でごはんをつくっていたころのほうがよかったわ」

今日《きょう》のお昼当番《ひるとうばん》はアンバーです。その料理《りょうり》の腕前《うでまえ》のひどさといったらありません。

それでも、パールはこう思《おも》いました。

「料理《りょうり》もそうじも買《か》い物《もの》も、何《なに》もしなかったアンバーが、今《いま》では手伝《てつだ》ってくれるようになったんですもの。料理《りょうり》がへたなのはがまんしなくちゃ」

アンバーは目《め》つきの悪《わる》い黒猫《くろねこ》でしたが、変身《へんしん》の呪《のろ》いをかけられて、今《いま》ではかわいい子《こ》パンダの姿《すがた》になっています。そしてパールがここへくるまでの五百年間《ねんかん》、その姿《すがた》を恥《は》じて、ずっと館《やかた》に引《ひ》きこもっていたのです。

678910

アンバーが外《そと》に出《で》かけるようになってからは、そのかわいい姿《すがた》のおかげで、たちまち、まちの有名人《ゆうめいじん》になりました。

パールがお店《みせ》にもどると、アンバーはご主人《しゅじん》さま魔女《まじょ》のセレニティスの絵《え》と話《はなし》をしていました。

「ああ、あたしも早《はや》く絵《え》から出《で》て、アンバーの料理《りょうり》を食《た》べたいねえ」

その言葉《ことば》におどろいて、パールはセレニティスを見上《みあ》げました。

でも、セレニティスがそういうのには、理由《りゆう》があったのです。

五百年前《ねんまえ》、セレニティスが絵《え》にとじこめられる前《まえ》のこと。ムーンヒルズ魔法宝石店《まほうほうせきてん》ではたくさんのめしつかい猫《ねこ》をやとっていました。おそうじもお料理《りょうり》も、それぞれ専門《せんもん》のめしつかい猫《ねこ》がいたのです。おかげでセレニティスは、アンバーのひどい料理《りょうり》を食《た》べずにすんでいました。けれ

どそんなアンバーにも、たった一つだけ、じょうずにつくれる料理《りょうり》が
あったというのです。
そう聞《き》いて、パールは身《み》を乗《の》りだしました。
「それは、何《なに》？　セレニティス」
すると、セレニティスはうっとりと目《め》を閉《と》じます。
「パンケーキさ。あれは絶品《ぜっぴん》だねえ。
だれがつくるより
おいしいんだよ」

パールは目《め》を丸《まる》くしました。

「まあ！　わたしも食《た》べてみたいわ、アンバー」

ところが、アンバーは首《くび》を横《よこ》にふります。

「ダメだね。おれさまのパンケーキは、セレニティスさまのためにつくるからおいしいんだ」

そのとき、絵《え》の中《なか》からまたセレニティスの声《こえ》が聞《き》こえてきました。

「でもねえ。あたしが絵《え》から出《で》られたあかつきには、パンケーキを食《た》べ

るより先《さき》に、やりたいことがあるのさ」

セレニティスは絵《え》から出《で》たときのための「やりたいことリスト」をポケットからとりだしました。といっても、メーターの目盛《めも》りは、まだ3になったばかり。呪《のろ》いをといて絵《え》から出《で》るには、あと七回《かい》よいことをするか、悪《わる》い考《かんが》え方《かた》を直《なお》さなくてはなりません。

「少《すこ》し気《き》が早《はや》い気《き》もするけれど、一番目《ばんめ》にやりたいことは何《なん》なの？　セレニティス」

パールがたずねると、セレニティスはものすごく意地悪《いじわる》な顔《かお》になりました。

「もちろん、『復讐《ふくしゅう》』さ、パール」

そして、いかにもゆかいそうに、こうつづけます。

「あたしを絵《え》の中《なか》にとじこめた画家魔女《がかまじょ》のリリアーノに復讐《ふくしゅう》してやるんだ。そうだねえ、小《ちい》さな壺《つぼ》の中《なか》にでもとじこめてやろうかねえ。ふっふっ」

リリアーノといえば、魔女《まじょ》ならだれでも知《し》っている有名《ゆうめい》なむかしの画家《がか》です。まだ写真《しゃしん》がなかった時代《じだい》に、たくさんの王《おう》さまや女王《じょおう》さまにやとわれて「肖像画《しょうぞうが》」を描《か》きま

した。その絵は今《いま》でも、美術館《びじゅつかん》にかざられています。「意地悪魔女《いじわるまじょ》のセレニティス」の肖像画《しょうぞうが》も、リリアーノが描《か》いたと伝《つた》えられていましたが、やっぱりそうだったのです。

感心《かんしん》しているパールに、セレニティスはこうつづけました。

「リリアーノは小《ちい》さいころからの知《し》りあいだったのに、あたしを絵《え》にとじこめたんだからね。裏切《うらぎ》られたもんさ」

いくら意地悪《いじわる》でも、知《し》りあいにとじこめられたなんて。パールは少《すこ》しだけ、セレニティスをかわいそうだと思《おも》いました。セレニティスはそのときのことをこう話《はな》します。

「今《いま》でも忘《わす》れやしないよ。リリアーノが赤《あか》い筆《ふで》をもって、あたしのほっぺをすうっと一回《かい》なでたかと思《おも》うと、その次《つぎ》に空《から》っぽの絵《え》をひとなで。たったこれだけさ。気《き》がついたら、もうこの絵《え》の中《なか》にいたんだからね。まるでリリアーノが描《か》いた絵《え》のような姿《すがた》になってさ」

魔法《まほう》の筆《ふで》は、実際《じっさい》に絵《え》を描《か》くのには使《つか》いません。筆《ふで》の形《かたち》をしていますが、魔法《まほう》の道具《どうぐ》なのです。そして、この筆《ふで》でなでられた人《ひと》や品物《しなもの》は、どれもその画家魔女《がかまじょ》の描《えが》いた絵《え》と同《おな》じタッチになって、絵《え》の中《なか》にあらわれるのでした。

「リリアーノが絵《え》がじょうずでよかったじゃない、セレニティス。今《いま》じゃあ、ずいぶんわかりづらい絵《え》を描《か》く画家《がか》もいるのよ。それにもう復讐《ふくしゅう》は

できないわ。だってリリアーノは、とっくのむかしに亡《な》くなっているんですもの」

そう聞《き》くと、セレニティスは眉《まゆ》をつり上《あ》げました。

「ふん！　それなら、その子孫《しそん》をさがしだして復讐《ふくしゅう》してやるまでさ。リリアーノの子孫《しそん》が最後《さいご》の一人《ひとり》になるまで呪《のろ》ってやるんだ」

と、そのとき、ドアが開《ひら》く音《おと》がして、お客《きゃく》さまがやってきたのです。

魔法《まほう》の筆《ふで》

「いらっしゃいませ。ムーンヒルズ魔《ま》法宝石店《ほうほうせきてん》へようこそ」

パールはそういいましたが、お客《きゃく》さまは、ジュエリーを買《か》いにきたとは思《おも》えないかっこうをしていました。

魔女服《まじょふく》の上《うえ》から、いろいろな色《いろ》のシミがついたスモックのような上着《うわぎ》をはおっていましたし、頭《あたま》にはよれよれのベレー帽《ぼう》がのっています。

「おじょうちゃん、あんた画家魔女《がかまじょ》さんかい？」

アンバーの言葉《ことば》に、お客《きゃく》さまはうなずきました。

「ええ。ここに『意地悪魔女《いじわるまじょ》のセレニティス』の絵《え》があるって聞《き》いてやってきたんだけど」

画家魔女《がかまじょ》は、いかにも気《き》が進《すす》まなそうな顔《かお》で、そういいました。
「わたしはラヴィニア。リリアーノの子孫《しそん》なの。わたしの祖母《そぼ》の祖母《そぼ》の祖母《そぼ》の祖母《そぼ》の……祖母《そぼ》のお母《かあ》さんがリリアーノなのよ」

すると店《みせ》のおくから、おそろしい声《こえ》が聞《き》こえてきます。

「リリアーノの子孫《しそん》だって!?」

ラヴィニアは、その声《こえ》におどろいて店《みせ》のおくをのぞきこみました。そして絵《え》のみごとさと、セレニティスのおそろしいようすに息《いき》を飲《の》んだのです。

「は、初《はじ》めまして、セレニティス。本当《ほんとう》にまだ絵《え》の中《なか》にいたのね。五百年《ねん》も前《まえ》のことなのに、信《しん》じられない」

そう聞《き》くと、セレニティスは目《め》をつり上《あ》げました。

「そんなことをいいにきたのかい!?　それならさっさとお帰《かえ》り!」

その声《こえ》にラヴィニアはふるえあがりましたが、帰《かえ》るわけにはいきませんでした。ここへきたのには、理由《りゆう》があったからです。

「一週間前《しゅうかんまえ》に、倉庫《そうこ》のおくからリリアーノが自分《じぶん》の姿《すがた》を描《か》いた絵《え》が見《み》つかったの。とてもすばらしい絵《え》よ。まさに歴史的大《れきしてきだい》発見《はっけん》！」

そういってから、せきばらいをして先《さき》をつづけます。

「それで、その絵《え》の裏《うら》に、リリアーノから子孫《しそん》へのメッセージが書《か》いてあったのよ」

それはこんなふうでした。

子孫《しそん》たちへ。セレニティスがまだ絵《え》の中《なか》にいたら、不《ふ》自由《じゆう》がないように、この魔法《まほう》の筆《ふで》で、ほしがっているものを描《か》きたしてやっておくれ。くれぐれもよろしくたのんだよ。

リリアーノ

絵《え》は、木《き》でつくった枠《わく》に布《ぬの》を貼《は》ったカンヴァスに描《えが》かれていました。

そして絵《え》の裏《うら》にはメッセージが書《か》かれていて、筆《ふで》のケースがカンヴァスの木《き》の枠《わく》にくくりつけてあったのです。

「これがその魔法《まほう》の筆《ふで》よ」

筆《ふで》のケースを開《ひら》くと、そこには二本《ほん》の筆《ふで》がならんでいました。

赤《あか》い筆《ふで》と青《あお》い筆《ふで》です。

「これが、セレニティスをとじこめた赤《あか》い筆《ふで》なのね。じゃあ、青《あお》い筆《ふで》はもしかしたら……」

そうパールがいうと、セレニティスがさけびました。

「さあ！　ラヴィニア。さっさと青《あお》い筆《ふで》をもって、こっちへおいで。そ

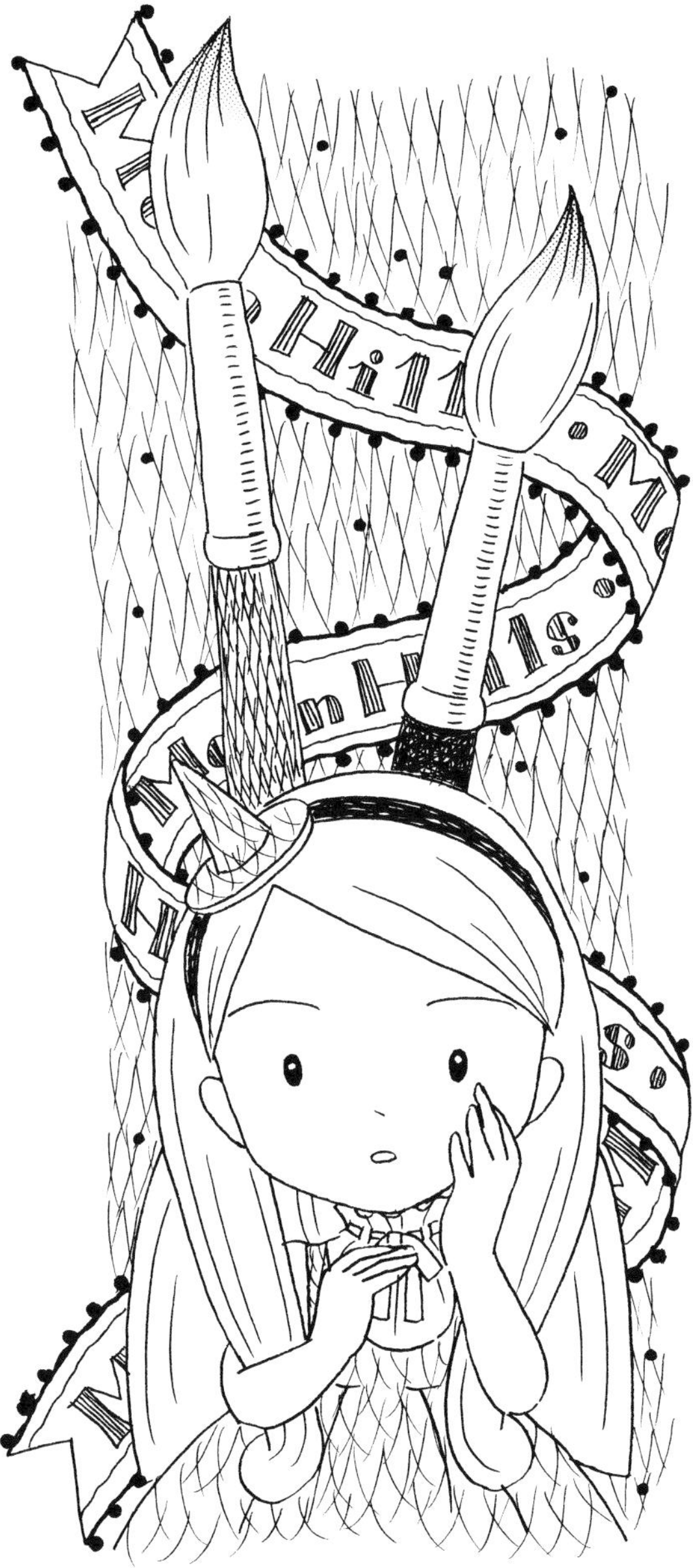

れでこの絵《え》をなでるんだよ。そうすりゃ、絵《え》から出《で》られるんだからね」

赤《あか》い筆《ふで》でとじこめられたセレニティスは、青《あお》い筆《ふで》を使《つか》えば、絵《え》から出《で》られると考《かんが》えたのです。

ところが、ラヴィニアは考《かんが》えこんでしまいました。

「リリアーノは、セレニティスを出《だ》してやってくれとは書《か》いてないわ」

「あたしは、もう五百年《ねん》もこの絵《え》の中《なか》でこうしているんだ。それ

でも、出《だ》さないつもりかい？　ラヴィニア」

そういわれると、ラヴィニアはセレニティスが気《き》の毒《どく》になりました。

そして、青《あお》い筆《ふで》をもつと、セレニティスの絵《え》に近《ちか》づいていったのです。

ラヴィニアがふるえる手《て》で筆《ふで》を絵《え》に近《ちか》づけると、パールもアンバーもゴクリとのどを鳴《な》らしました。

青《あお》い筆《ふで》が、ついに、絵《え》をひとなでします。

……ところが、何《なに》もおこりませんでした。

ラヴィニアは首《くび》をかしげて、筆《ふで》で絵《え》のいろいろな場所《ばしょ》をなではじめます。

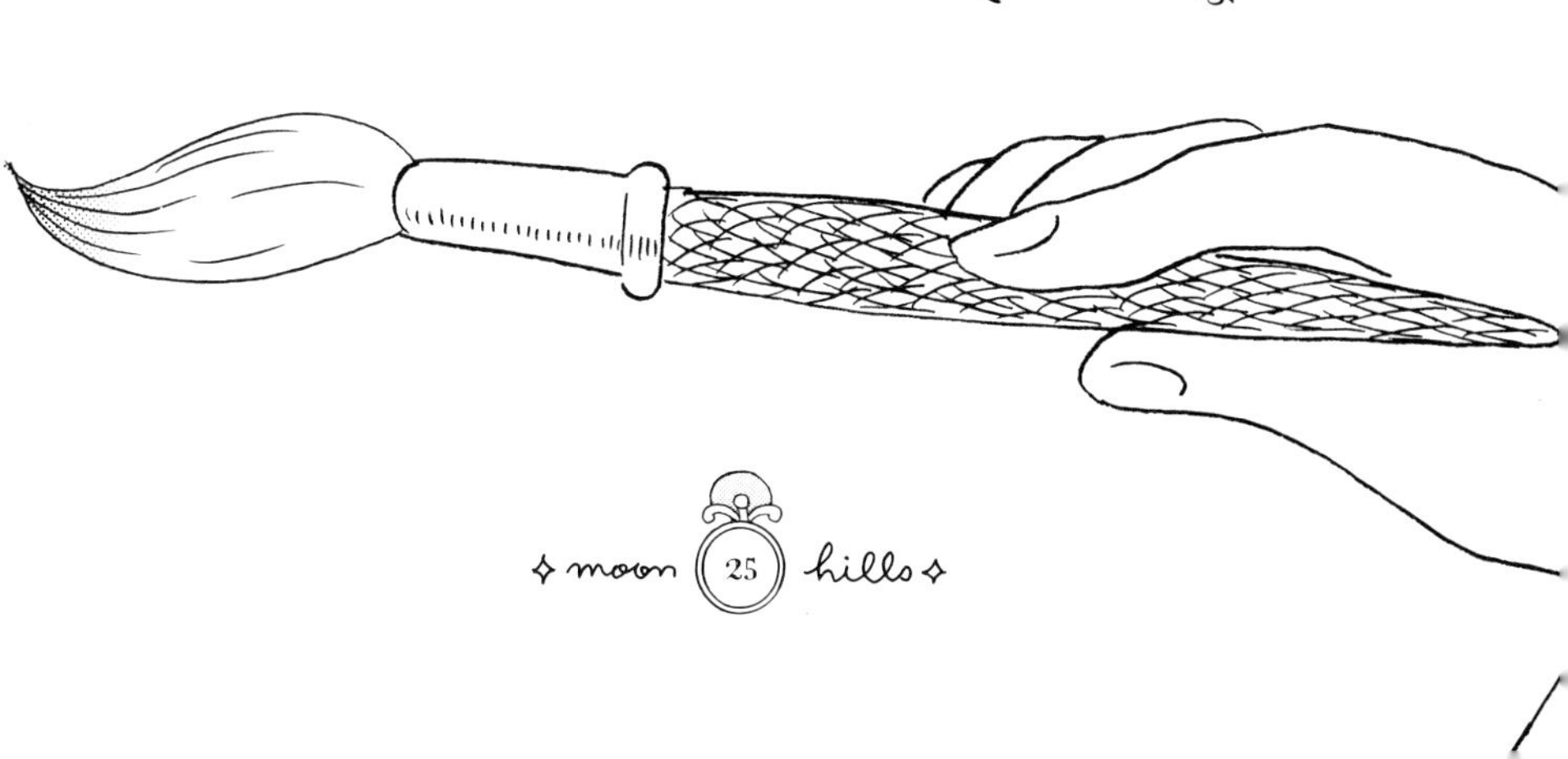

それでも、何《なに》もおこりません。

「おやめ、おやめったら！　筆《ふで》の使《つか》い方《かた》はあっているのかい!?」

セレニティスにそういわれても、ラヴィニアにもわかりません。

絵《え》にだれかをとじこめるのは、ずいぶんむかしに禁止《きんし》された魔法《まほう》です。その魔法《まほう》の道具《どうぐ》だった「魔法《まほう》の筆《ふで》」も、今《いま》はもうどこにものこっていないといわれていました。

そんなふうでしたから、魔法《まほう》の筆《ふで》の使《つか》い方《かた》をラヴィニアが知《し》らないのも、無理《むり》もありません。するとパールがこういいました。

「リリアーノは、ほしがっているものを描《か》きたしてっていうメッセージといっしょに、この筆《ふで》をのこしたんでしょ？　それなら、二本《ほん》とも絵《え》の中《なか》に何《なに》かを入《い》れる筆《ふで》なんじゃないかしら」

パールの言葉《ことば》どおり、筆《ふで》のケースには、絵《え》の中《なか》にものを入《い》れる方法《ほうほう》のような説明図《せつめいず》が入《はい》っていました。実際《じっさい》にそこにある品物《しなもの》をひとなでしている絵《え》と、絵《え》の表面《ひょうめん》をひとなでする絵《え》がならんでいます。それから、そ

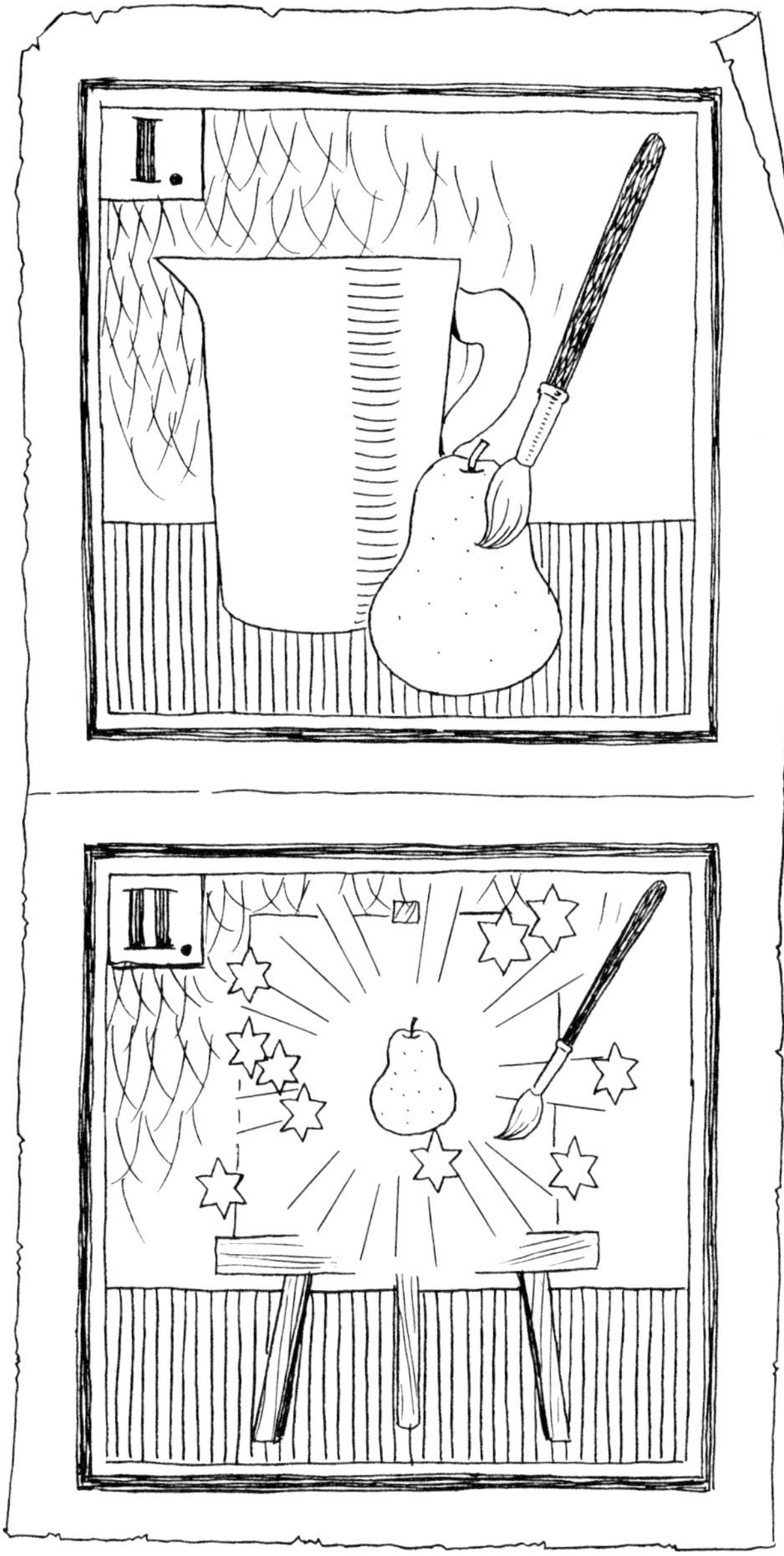

れぞれの筆《ふで》がおさまっている上《うえ》にも、みじかい文《ぶん》が書《か》いてありました。青《あお》いほうには「罰《ばつ》としてこれを使《つか》う」とあり、赤《あか》いほうには「心《こころ》をこめてこれを使《つか》う」と書《か》いてあります。

ラヴィニアとパールは、二本《ほん》の筆《ふで》をじっくりと見《み》くらべました。

「リリアーノはセレニティスをとじこめるのに赤《あか》い筆《ふで》を使《つか》ったそうよ、ラヴィニア。ということは、青《あお》い筆《ふで》はこわれていて、使《つか》えなかったのかも」

「そうね、パール。でも『心《こころ》をこめてこれを使《つか》う』って、使《つか》い方《かた》の説明《せつめい》としては、あまり親切《しんせつ》じゃないわよね」

二人《ふたり》がそう話《はな》していると、セレニティスはイライラしはじめました。

「絵《え》から出《だ》せないなら、さっさと何《なに》かを描《か》きたしておくれ」

そういってから、しげしげとラヴィニアを見下《みお》ろしました。

「ところで、絵《え》の腕《うで》はたしかなんだろうね？　ラヴィニア」

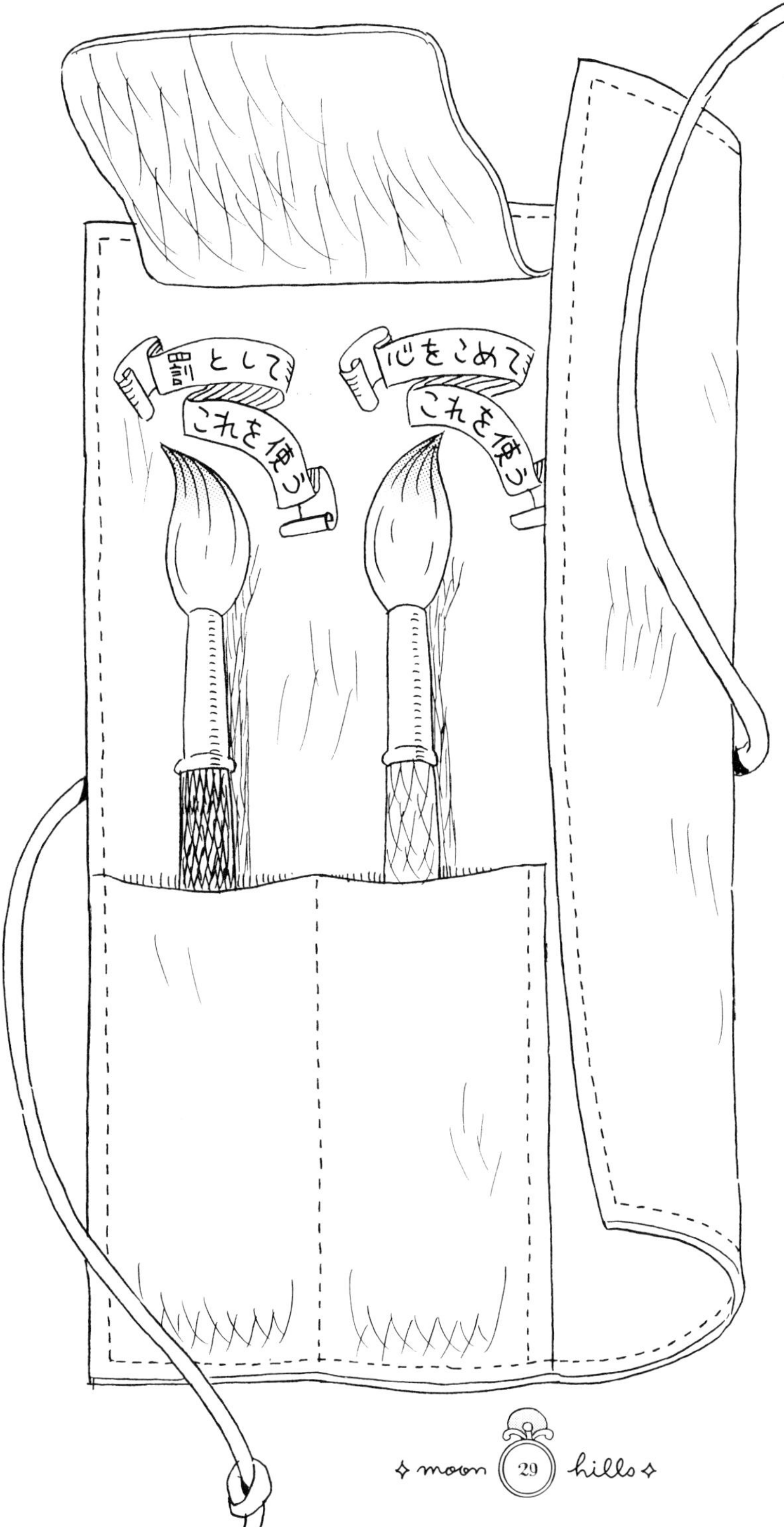

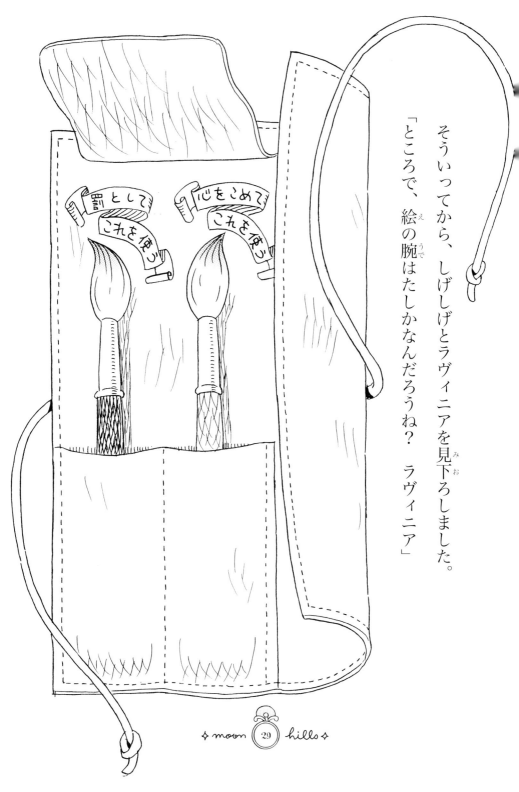

魔法《まほう》の筆《ふで》で絵《え》の中《なか》に入《い》れた品物《しなもの》は、その筆《ふで》を使《つか》った画家魔女《がかまじょ》の絵《え》となってあらわれます。ですからセレニティスは、絵《え》のへたな画家魔女《がかまじょ》に描《か》きたしてもらうくらいなら、放《ほう》っておいてほしいと思《おも》ったのです。

「もちろんよ、セレニティス。今《いま》、わたしが描《か》いた絵《え》をお見《み》せするわ」

そういってラヴィニアは、小《ちい》さなビロードの箱《はこ》をとりだしました。

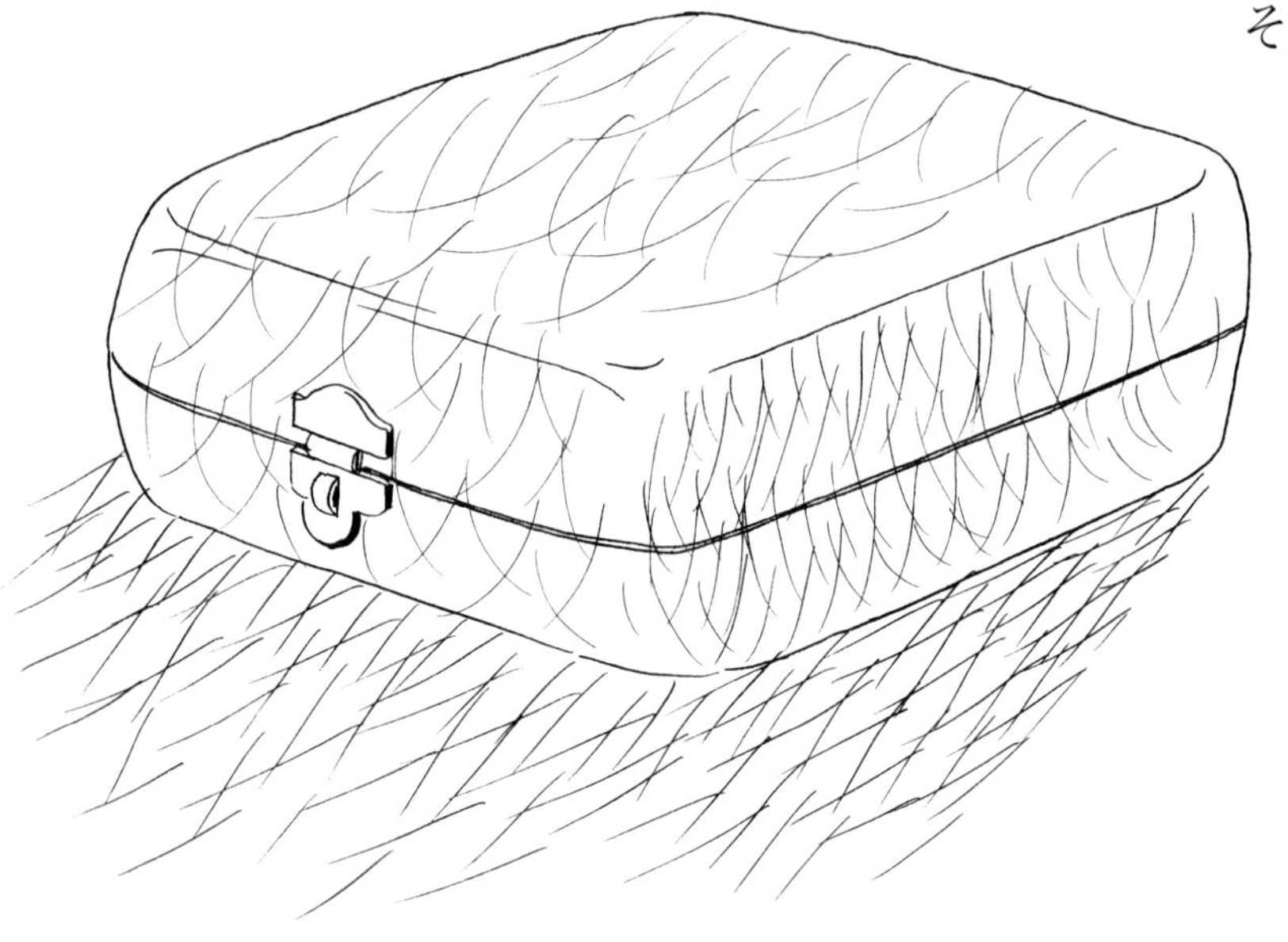

心《こころ》をこめてこれを使《つか》う

「その箱《はこ》の中《なか》に絵《え》が入《はい》っているの？」

パールはおどろきました。手《て》のひらにのるほど小《ちい》さな箱《はこ》だったからです。

「そうよ、お気《き》にめすかしら？」

ラヴィニアが箱《はこ》を開《あ》けると、中《なか》には小《ちい》さな丸《まる》い肖像画《しょうぞうが》が入《はい》っていました。

ブローチくらいの大《おお》きさなのに、どうやって描《か》いたのだろうと思《おも》うほど細《こま》かく、二人《ふたり》の魔女《まじょ》の顔《かお》が描《えが》かれています。そのうえ、その絵《え》は、まるで油《あぶら》をぬったようなツヤがあり、上等《じょうとう》な焼《や》き物《もの》のようにも見《み》えました。

「これは、ミニアチュールっていうのよ、パール」

ラヴィニアは、そういって肖像画《しょうぞうが》をパールの手《て》にのせました。

ミニアチュールというのは、細《こま》かく描《えが》かれた小《ちい》さな絵《え》のことです。

「このミニアチュールは、金《きん》の板《いた》の上《うえ》に『エナメル』っていう絵《え》の具《ぐ》を使《つか》って描《か》いてあるの。

エナメルは、細《こま》かいガラスの粉《こな》の入《はい》った絵《え》の具《ぐ》なのよ。それを八百度《ど》くらいの熱《ねつ》で焼《や》きつけてしあげるの」

焼《や》きつけられた絵《え》は、油絵《あぶらえ》や水彩画《すいさいが》よりずっとじょうぶで、色《いろ》もきれ

いです。ですから、アクセサリーや小物《こもの》入《い》れをつくるためによく描《か》かれました。中《なか》でもアクセサリーに使《つか》われるミニアチュールは、手《て》のひらよりずっと小《ちい》さいものがほとんどです。ラヴィニアのミニアチュールも、コインを三つならべたほどの大《おお》きさしかありません。それなのに、まるで大《おお》きな絵《え》のように、じょうずに生《い》き生《い》きと描《か》かれています。そこに描《か》

かれた魔女《まじょ》の一人《ひとり》は、まちがいなくラヴィニアでした。

「わたしのとなりにいるのは、姉《ねえ》さんよ。二人《ふたり》姉妹《しまい》なの」

ミニアチュールをのぞきこんだセレニティスは、満足《まんぞく》そうです。

「ふ〜ん、なかなかの腕前《うでまえ》じゃないか、ラヴィニア」

そして、ウキウキとしたようすでこうつづけました。

「さあて、じゃあ、その赤《あか》い魔法《まほう》の筆《ふで》で、何《なに》を描《か》きたしてもらおうかねえ」

セレニティスは少《すこ》しなやんでから、

「ドレス」に決《き》めます。

もう五百年《ねん》も同《おな》じドレスを着《き》て

いたのですから、そろそろ着《き》がえたいと思《おも》うのも無理《むり》もありません。

アンバーがセレニティスの衣装部屋《いしょうべや》から、りっぱなドレスをもってくると、さっそくラヴィニアは赤《あか》い筆《ふで》を手《て》にとりました。

筆《ふで》のケースの中《なか》の説明図《せつめいず》どおりに、まず、ドレスをひとなで。

その後《あと》、絵《え》をひとなで……。

でも何《なに》もおこりません。

「しっかりおやりよ！　ラヴィニア」

セレニティスに怒《おこ》られて、もう一度《いちど》やってみますが、やっぱり何《なに》もおこりません。

ラヴィニアは首《くび》をかしげました。

「おかしいわねえ。入《い》れるものが大《おお》きすぎるのかしら？」

そこでセレニティスはアンバーに、とっておきのダイヤの指輪《ゆびわ》をもってこさせます。

「今度《こんど》こそ、うまくおやり、ラヴィニア。そのケースに書《か》いてあるとおり、

『心《こころ》をこめて』やるんだよ」
ラヴィニアは心《こころ》をこめようと目《め》をつぶりました。
（このダイヤが美《うつく》しい絵《え》になって、絵《え》の中《なか》にあらわれますように！）
強《つよ》くそう願《ねが》ってから、ダイヤをひとなで。そして絵《え》をひとなで……。
ところが、今度《こんど》も何《なに》もおこりません。
「おかしいわねえ、あまり高価《こうか》すぎるものは入《い》れられないのかしら？」

それからいろいろな品物《しなもの》を入《い》れようとしましたが、何一《なにひと》つ絵《え》の中《なか》に入《い》れることはできませんでした。

「心《こころ》をこめて絵《え》を描《か》いていない証拠《しょうこ》だよ、冷《つめ》たい娘《むすめ》だね！」

セレニティスは自分《じぶん》のことはたなに上《あ》げて、そんなことをいいました。

ラヴィニアは、口《くち》うるさい絵《え》の前《まえ》に、へなへなとすわりこんでしまいます。

「わたしは心《こころ》をこめているつもりなのに、何《なに》がちがっているのかしら？　でも、そもそも『心《こころ》をこめる』ってどうすることなの？」

「あたしに聞《き》くんじゃないよ！」

すっかりごきげんななめになったセレニティスは、絵《え》のおくに入《はい》り、姿《すがた》を消《け》してしまいます。

「『心《こころ》をこめる』ことが、こんなにむずかしいなんて思《おも》ってもみなかった。今日《きょう》はもう、あきらめるわ。パール、アンバー」

するとアンバーはつぶらな瞳《ひとみ》でラヴィニアを見上《みあ》げました。

「ふ〜ん、がんばるじゃないか、おじょうちゃん。またくる気《き》なのかい？」

「ええ、しばらく近《ちか》くにいるつもりなの」

ラヴィニアは、このあたりに住《す》んでいる友《とも》だちの家《いえ》に、二週間《しゅうかん》ほどとめてもらうことになっていました。

「友《とも》だちはジュエリーをつくるクラフト魔女《まじょ》なのよ。コーラルっていうの。『星《ほし》が丘《おか》』ってどこかしら？」

それを聞《き》いて、パールとアンバーは顔《かお》を見合《みあ》わせました。

「星《ほし》が丘《おか》なら、向《む》こう側《がわ》の丘《おか》よ。コーラルはわたしたちの友《とも》だちなの！家《いえ》まで案内《あんない》するわ」

そうして、パールはラヴィニアを連《つ》れて、コーラルの家《いえ》に向《む》かったのです。

チュール

もともとは、
細《こま》かく描《えが》かれた小《ちい》さな絵《え》が
ミニアチュールとよばれていました。
16世紀《せいき》ごろからは、特別《とくべつ》な人《ひと》に
プレゼントするジュエリーに
仕立《した》てるために
描《えが》かれるようになります。

ジュエリーに仕立《した》てるミニアチュールのおおくは、「エナメル（七宝《しっぽう》）」で描《えが》かれています。細《こま》かいガラスの粉《こな》でつくった絵《え》の具《ぐ》を何回《なんかい》も焼《や》きつけながら描《えが》くエナメル画《が》は、とても手《て》間《ま》がかかりますが、何百年《なんびゃくねん》も美《うつく》しいままです。今《いま》でも世界中《せかいじゅう》の博物館《はくぶつかん》やアンティークショップで、あざやかなミニアチュールと出会《であ》えます。

ブローチの注文《ちゅうもん》

「ラヴィニア！　まっていたのよ、パールが案内《あんない》してくれたの？」

コーラルはラヴィニアを大歓迎《だいかんげい》しました。そして、パールから今《いま》までの話《はなし》を聞《き》くと、目《め》を丸《まる》くします。

「じゃあ、ラヴィニアは、あの意地悪《いじわる》なセレニティスのために、わざわざやってきたの？」

するとラヴィニアは笑《わら》いました。

「それだけじゃないわ。じつはコーラルにお願《ねが》いしたいことがあって、もともとたずねるつもりだったのよ。これを見《み》て」

そういって、さっき見《み》せてくれたミニアチュールをコーラルにわたしました。ラヴィニアは、これをブローチに仕立《した》ててほしいと注文《ちゅうもん》しにきたのです。

「まあ、すばらしいミニアチュールね。さすがだわ」

コーラルは友《とも》だちが描《か》いたミニアチュールをうっとりとながめました。

「どんなブローチにしたいの？　ラヴィニア。デザイン画《が》はもってきた？」
すると、ラヴィニアは困《こま》った顔《かお》になります。
「それが……、うまくデザインできなかったの。これはわたしと姉《ねえ》さんからのお母《かあ》さんへのプレゼントなのよ。お母《かあ》さんは最近病気《さいきんびょうき》をしたのだけれど、すっかり元気《げんき》になったから、そのお祝《いわ》いにね」
それから、少《すこ》し照《て》れくさそうに、こうつづけたのです。

「お母《かあ》さんには、ずっと元《げん》気《き》でしあわせでいてほしいの。わたしと姉《ねえ》さんはいつもそう祈《いの》ってるのよ。だからこのブローチは、家族《かぞく》の思《おも》い出《で》や、わたしたちの祈《いの》りのこもった、特別《とくべつ》なものにしたいの。でも、特別《とくべつ》にしたいと思《おも》えば思《おも》うほど、うまくデザインできなくて……」

ここまで話《はな》すと、にっこりと笑顔《えがお》になって、こうつづけました。

「それでね、コーラルにデザインもお願《ねが》いできないかしら？　少《すこ》しだけ宝石《ほうせき》もあしらってちょうだい。引《ひ》きうけてくれて？　コーラル」

すると、コーラルはにっと笑《わら》いました。

「もちろんよ、つくるのはわたしにまかせて。でも、デザインは、ここにいるパールにたのむといいわ。すてきなデザインを描《か》いてくれるわよ。それにね、パールは宝石《ほうせき》をえらぶのも得意《とくい》なの。ジュエル・リスナーなのよ」

そういわれて、パールはうれしくてまっ赤《か》になります。ラヴィニアも、パールがジュエル・リスナーだと知《し》ると、大《おお》よろこびでデザインをお願《ねが》いしました。

「お引《ひ》きうけします。ラヴィニア。お母《かあ》さんへの特別《とくべつ》なプレゼントになるように、がんばるわ」

それから帰《かえ》ろうとするパールに、コーラルがこうたずねました。

「プレゼントっていえば、キミはプレゼントを用意《ようい》したの？　もうすぐマイカの誕生日《たんじょうび》よ」

「まだなの、コーラル。いろいろまよっちゃって、決《き》められないのよ。でも、わたしもマイカには特別《とくべつ》なものをあげるつもり。わたしがマイカを大好《だいす》きだって、わかってほしいから」

その言葉《ことば》に、コーラルもうなずきます。

「そりゃあ、いい考《かんが》えね。特別《とくべつ》なものっていうのがいいわ。で、どういうふうに特別《とくべつ》なの？」

パールは少《すこ》し考《かんが》えてから、こう答《こた》えました。

「女《おんな》の子用《こよう》のものじゃなくて、大人《おとな》がもつようなちゃんとしたものとか、すごくめずらしいものとかよ。すてきで特別《とくべつ》でしょ？」

すると、コーラルは急《きゅう》に顔《かお》をくもらせたのです。

「それはちがうんじゃないかしら？　パール」

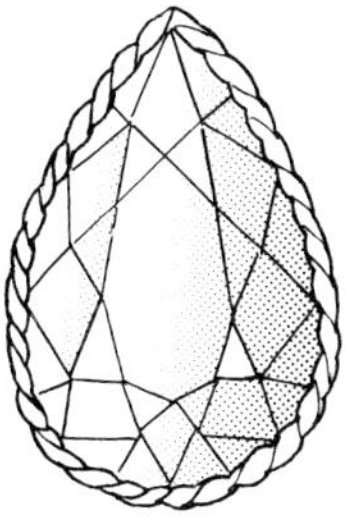

ムーンヒルズ魔法宝石店《まほうほうせきてん》にもどったパールは、さっそくブローチのデザイン画《が》を描《か》きはじめました。ところが、何枚《なんまい》描《か》いても、これでよいと思《おも》えないのです。
「あんなにすてきなミニアチュールなんですもの。すぐにいいデザインがうかぶと思《おも》ったのに……」

パールの気持《きも》ちが重《おも》いのは、デザインがうまく行《い》かないからばかりではありませんでした。コーラルからいわれたことが心《こころ》に引《ひ》っかかっていたのです。

「またため息《いき》かい？　おじょうちゃん」

となりのいすに子《こ》パンダがよじのぼってくると、

パールはアンバーに
このなやみごとを話《はな》しました。

「マイカへのプレゼントも、このブローチのデザインも、どっちも『特別《とくべつ》なもの』にしようとすればするほど、りっぱすぎたり、気《き》どっている感《かん》じになったりするの」

そういいながら、コーラルの言葉《ことば》を思《おも》い出《だ》しました。

「大人《おとな》がもつようなちゃんとしたものとか、すごくめずらしいものをプレゼントにするのは『ちがう』っていわれたとき、どうちがうのか、

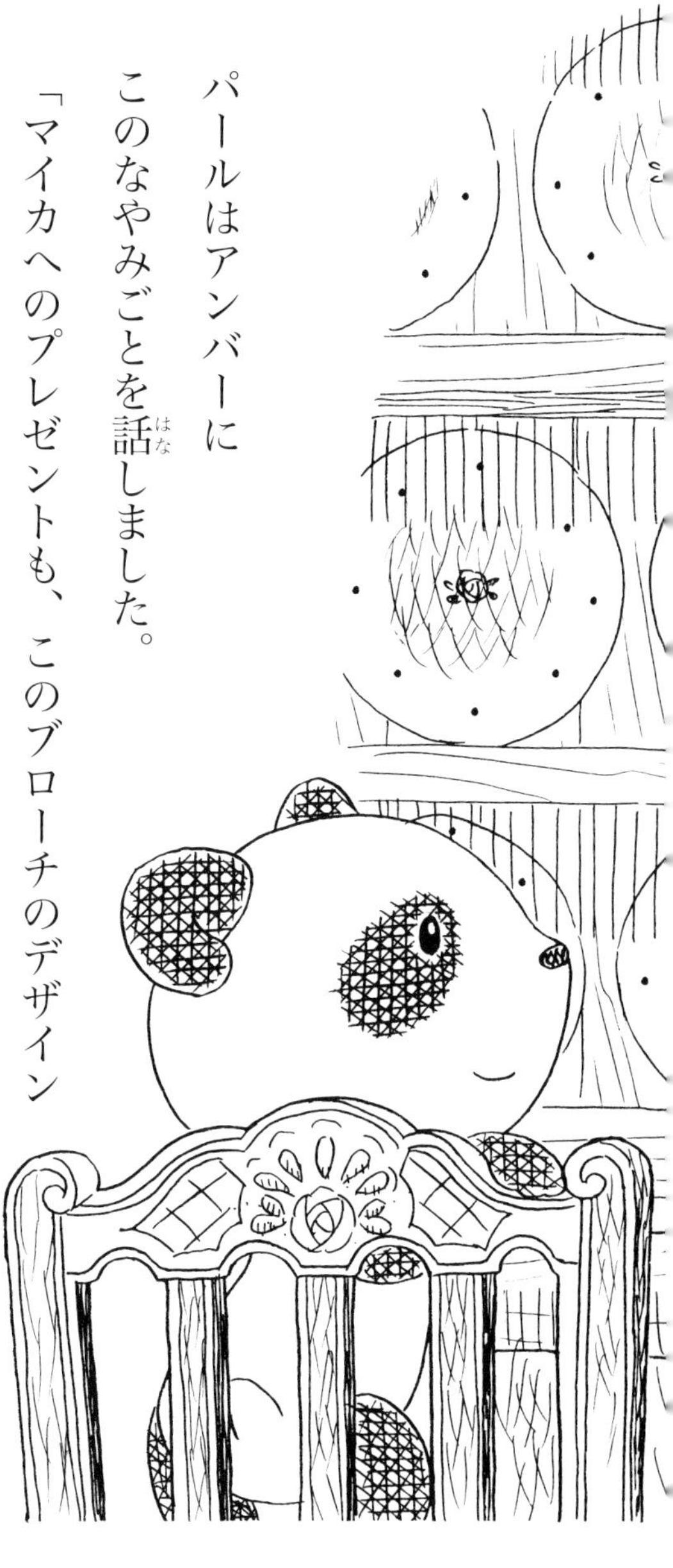

ちゃんと聞《き》いておけばよかった……」

そして「今《いま》からでも聞《き》きにいこうかしら」といって立《た》ち上《あ》がったパールに、アンバーがこう話《はな》しかけたのです。

「元気出《げんきだ》せよ、おじょうちゃん。そうだ、今《いま》からおれさまがパンケーキを焼《や》いてやろうか」

その言葉《ことば》に、パールは目《め》を丸《まる》くしました。

パンケーキとしあわせの呪文《じゅもん》

「セレニティスが食《た》べたいっていっていたあのパンケーキをつくってくれるの？　アンバー」

するとアンバーはえらそうにうなずきました。

（あのときはつくらないといっていたのに、どうして気《き》が変《か》わったのかしら？）

首《くび》をかしげるパールを、アンバーはこういって、もっとおどろかせます。

「たしかキッチンに『とってもかんた

んパンケーキミックス』って粉《こな》があったよな。それを使《つか》おう。水《みず》をまぜるだけのヤツだ。つくるのは五百年《ねん》ぶりだが、今《いま》はいろいろべんりになったな」

「ええっ!?　あの粉《こな》は、どこの家《いえ》の戸《と》だなにも入《はい》っているふつうのパンケーキミックスよ。だれがつくっても同《おな》じ味《あじ》に仕上《しあ》がるだけだわ、アンバー」

そんな粉《こな》で、特別《とくべつ》なパンケーキがつくれるとは思《おも》えません。

それでも、アンバーはキッチンに入《はい》ると、「とってもかんたんパンケーキミックス」を手《て》にとったのです。そして、その粉《こな》に水《みず》をまぜました。しかも袋《ふくろ》に書《か》いてあるつくり方《かた》を読《よ》みながらです。

「材料《ざいりょう》なんて何《なん》でもいいのさ、パール。おいしくなる呪文《じゅもん》をかけりゃいいんだから」

そして、あっという間《ま》にできあがったパンケーキの種《たね》の入《はい》ったボウルをかかえると、こういったのです。

「今《いま》から呪文《じゅもん》をいうから、よく聞《き》いてろよ、パール。いつもはセレニティスさまのための呪文《じゅもん》だが、今日《きょう》はおじょうちゃんのための呪文《じゅもん》だ」

アンバーは一回《かい》せきばらいすると、はっきりとこういいました。

「パンケーキよ、パンケーキ。パールのためにおいしくなあれ！」

それだけいうと、アンバーはさっさとパンケーキを焼《や》きはじめたのです。

「今《いま》のが呪文《じゅもん》？」

パールはガッカリしましたが、アンバーはしんけんな顔《かお》でうなずいたのです。

「ただいうだけじゃダメだぜ、パー

ル。相手《あいて》のしあわせそうな顔《かお》を思《おも》いうかべながらいうのがコツだ。いわゆる『しあわせの呪文《じゅもん》』ってやつさ。そうすりゃ、特別《とくべつ》においしくなる」

できあがったパンケーキは、かなりこげて、袋《ふくろ》に描《か》いてあるおいしそうな絵《え》とはずいぶんちがっていました。でも、一口《ひとくち》食《た》べると、パールはあっと声《こえ》をあげたのです。

「まあ！　おいしい」

パールの言葉《ことば》に、アンバーは満足《まんぞく》そうでした。

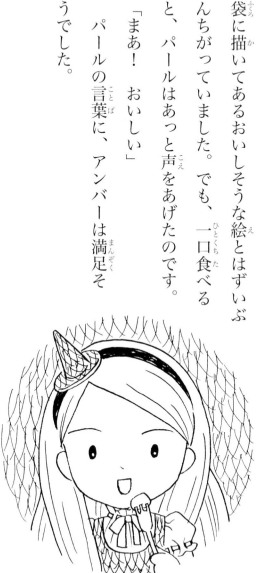

そして自分《じぶん》のおやつ用《よう》にもってきた笹《ささ》の葉《は》を食《た》べながらこういったのです。

「そうだろうとも。おれさまの呪文《じゅもん》はよく効《き》くからな。まあ、あの呪文《じゅもん》はだれが使《つか》ってもあんがい効《き》き目《め》がある。パールが使《つか》っても効《き》き目《め》があるかもしれないぜ」

そういわれて、パールはハッとなりました。

どこにでもあるパンケーキミックスで、特別《とくべつ》なパンケーキをつ

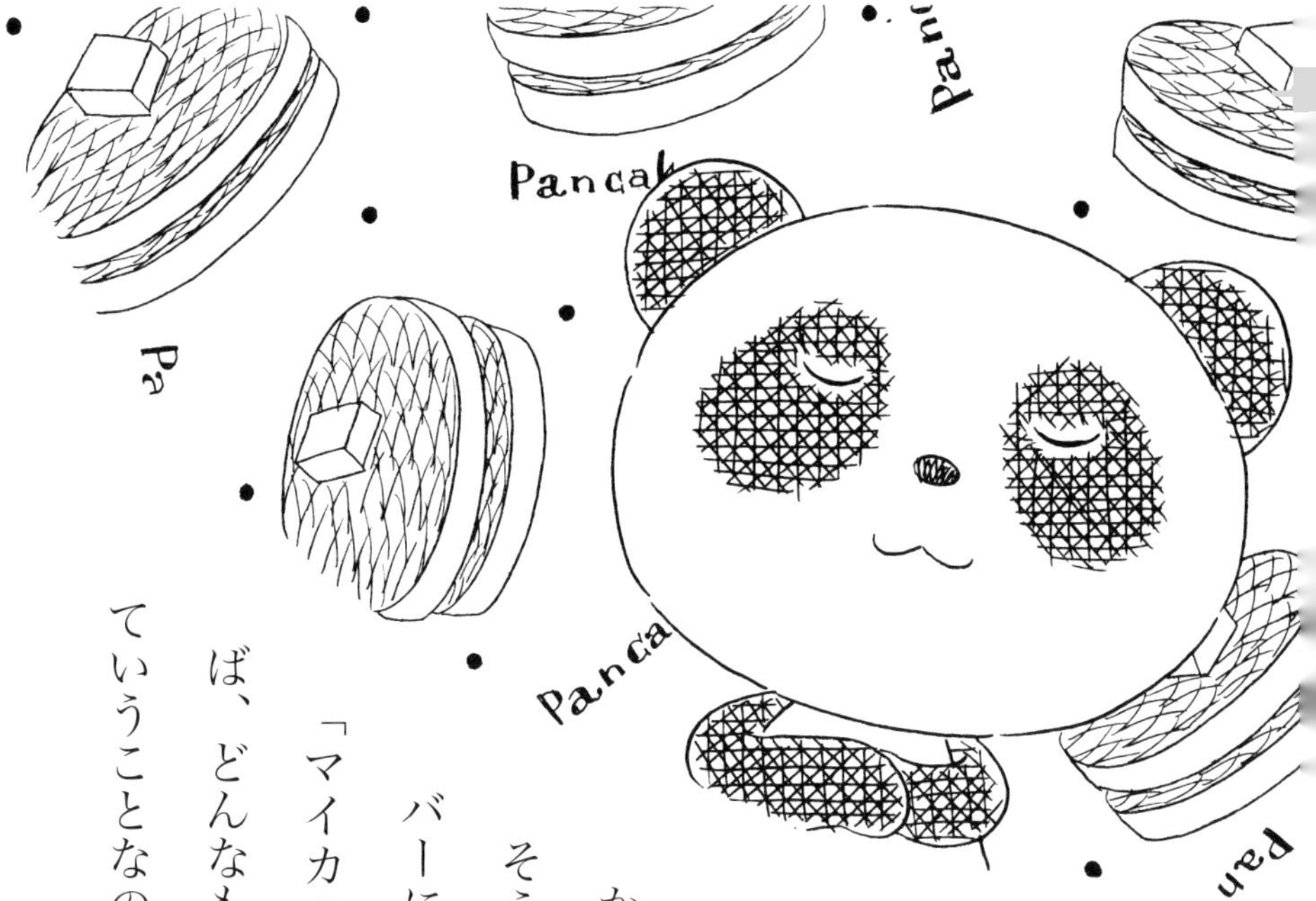

くる方法《ほうほう》。それは、相手《あいて》のしあわせを願《ねが》う呪文《じゅもん》を心《こころ》からとなえてつくることでした。それなら、パールにもできそうです。

「コーラルがいったのは、このことかしら、アンバー」

そう聞《き》いて、ニヤニヤしているアンバーに、パールはこうつづけました。

「マイカのしあわせを願《ねが》いながら用意《ようい》すれば、どんなものでも特別《とくべつ》なプレゼントになるっていうことなのね」

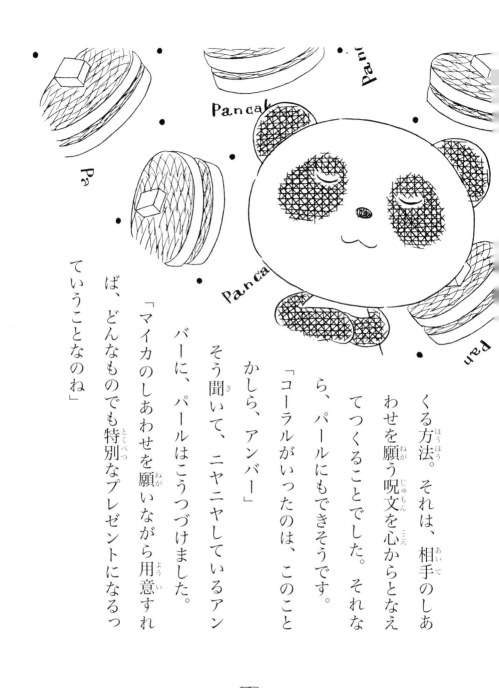

そしてパールは、ラヴィニアのブローチを特別《とくべつ》なものにする方法《ほうほう》にも気《き》がつきました。

（ラヴィニアがお母《かあ》さんへ伝《つた》えたい気持《きも》ちをだいじにしてデザインすれば、「特別《とくべつ》」なブローチがつくれるかもしれないわ）

と、そのときです。

パールの左《ひだり》のポケットがむずむずしてきました。

ポケットに左手《ひだりて》を入《い》れて、ペリドットをとりだすと、宝石《ほうせき》がパールの心《こころ》へ、やさしく語《かた》りかけてきたのです。

「特別《とくべつ》」なブローチ

パールは宝石《ほうせき》と話《はなし》ができる「ジュエル・リスナー」でした。この力《ちから》をさずかって生《う》まれる魔女《まじょ》は、百年《ねん》に一人《ひとり》といわれています。ジュエル・リスナーのセレニティスは、同《おな》じ力《ちから》をもつパールを弟子《でし》にしたのです。

ジュエル・リスナーの左手《ひだりて》の上《うえ》では、どんな宝石《ほうせき》も美《うつく》しくかがやきました。

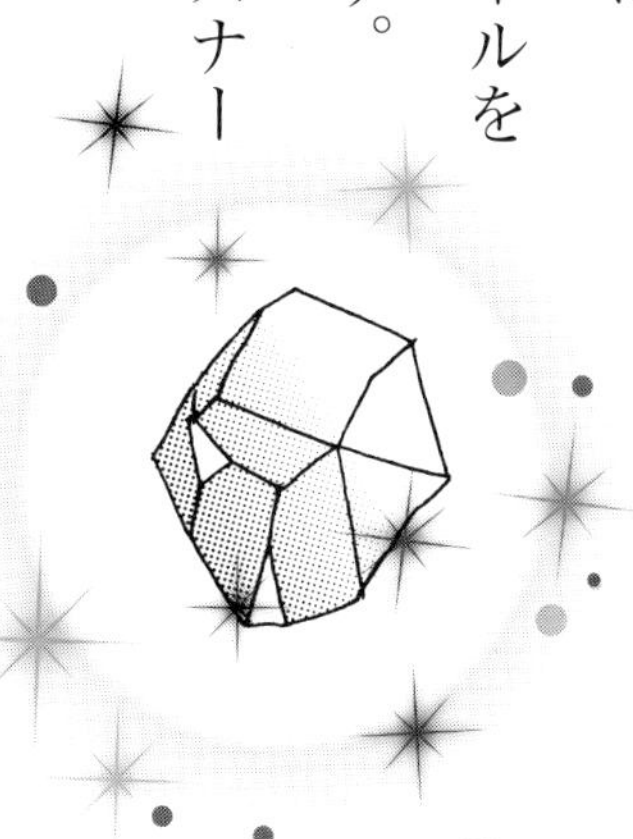

今《いま》、ペリドットもパールの左手《ひだりて》の上《うえ》

で、キラキラと若草色《わかくさいろ》に光《ひか》っています。

そして、こう話《はな》しかけてきたのです。

〝マスター！　ラヴィニアのブローチにぴったりの宝石《ほうせき》があるわよ〟

宝石《ほうせき》は、美《うつく》しいだけでなく不思議《ふしぎ》な力《ちから》をもっていました。その力《ちから》が、宝石《ほうせき》によってちがうことも、魔女《まじょ》ならだれだって知《し》っています。パールにとって初《はじ》めての自分《じぶん》の宝石《ほうせき》となったペリドットは、いつも元気《げんき》いっぱい。夢《ゆめ》に向《む》かって進《すす》むもちぬしを応援《おうえん》してくれる宝石《ほうせき》でした。

「それは、どんな宝石《ほうせき》なの？　教《おし》えて、ペリドット」

すると、ペリドットは笑《わら》うようにかがやきました。

〝ラヴィニアは、お母《かあ》さんにずっと元気《げんき》で、しあわせでいてほしい、っていっていたでしょ？　マスター。『家族《かぞく》のしあわせ』や『健康《けんこう》』のことなら、アメジストとアパタイトが得意《とくい》よ、マスター〟

それを聞《き》いて、パールの瞳《ひとみ》もかがやきました。

「アメジストとアパタイト。両方《りょうほう》とも青《あお》やむらさきの宝石《ほうせき》よね。ラヴィニアのミニアチュールの背景《はいけい》と同《おな》じ色《いろ》だわ。きっと引《ひ》き立《た》てあうはずよ！」

すると、パールの言葉《ことば》を聞《き》いたアンバーがこうつづけます。

「アメジストとアパタイトか。いいねえ。両方《りょうほう》とも、一目《ひとめ》で家族《かぞく》と健康《けんこう》のお守《まも》りだってわかるからな。宝石《ほうせき》じゃなくても、それを見《み》ただけで何《なに》かが思《おも》いうかぶってものは、ほかにもあるぜ、おじょうちゃん」

そう聞《き》いて、パールはしばらく考《かんが》えました。

「それは、花言葉《はなことば》みたいなことかしら？ バラっていえば『愛《あい》の告白《こくはく》』よね」

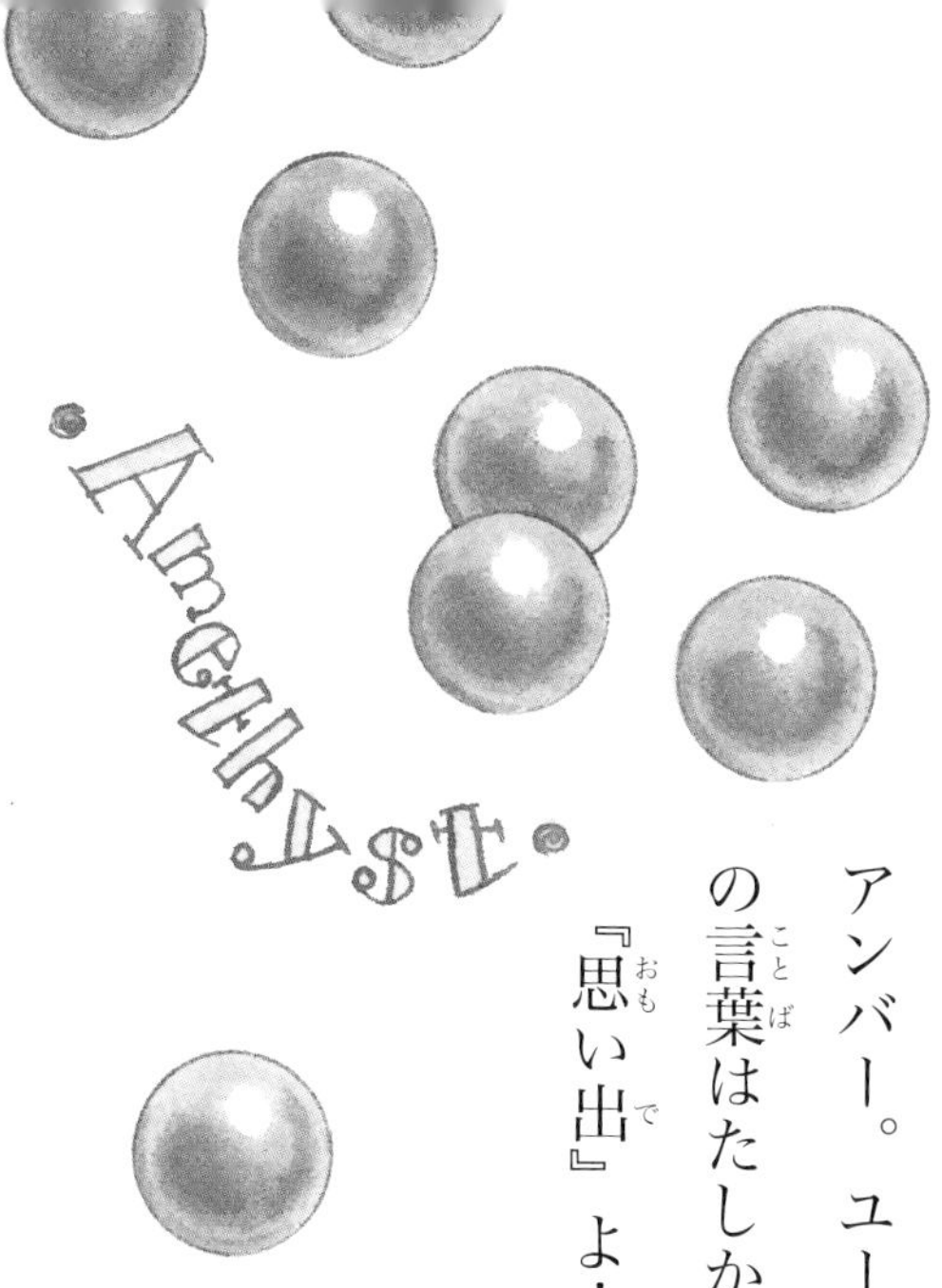

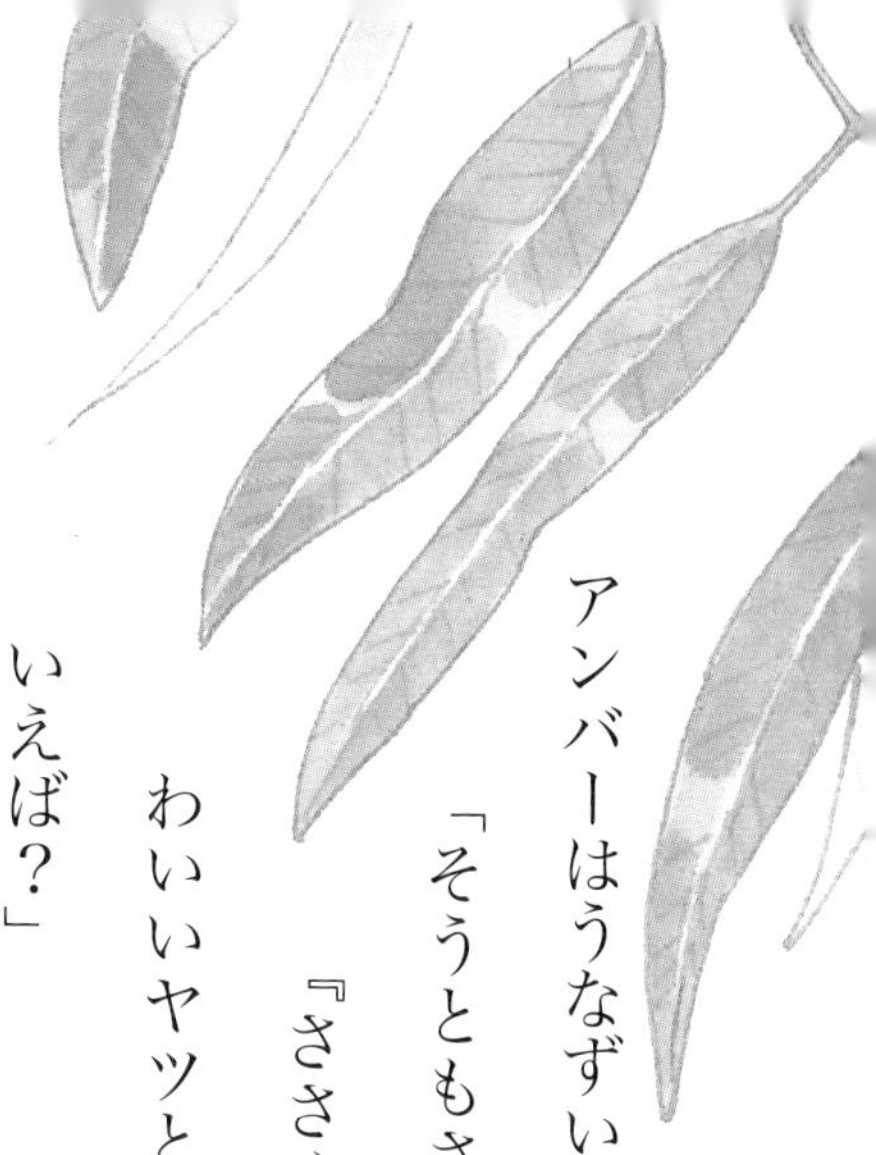

アンバーはうなずいて、笹《ささ》の葉《は》の最後《さいご》の一枚《まい》をじっと見《み》つめました。
「そうともさ、パール。パンダといえば、笹《ささ》。笹《ささ》といえば『ささやかなしあわせ』だな。パンダと同《おな》じくらいかわいいヤツといえばコアラ。コアラといえば？」
「コアラといえばユーカリよね、アンバー。ユーカリの言葉《ことば》はたしか……『思《おも》い出《で》』よ！」

そう口《くち》にしたとたん、またラヴィニアの注文《ちゅうもん》が頭《あたま》にうかびました。

「ラヴィニアは、思《おも》い出《で》のこもったブローチにしたいっていっていたわ。わあ、これもピッタリね。ユーカリもデザインに使《つか》いましょう」

パールは、すてきなデザインが頭《あたま》の中《なか》でできあがっていくのを感《かん》じました。

そのアイデアが消《き》えないうちに、えんぴつを手《て》にもったのです。

そうして、描《か》きあげたのは、とても優雅《ゆうが》なブローチでした。

ミニアチュールを

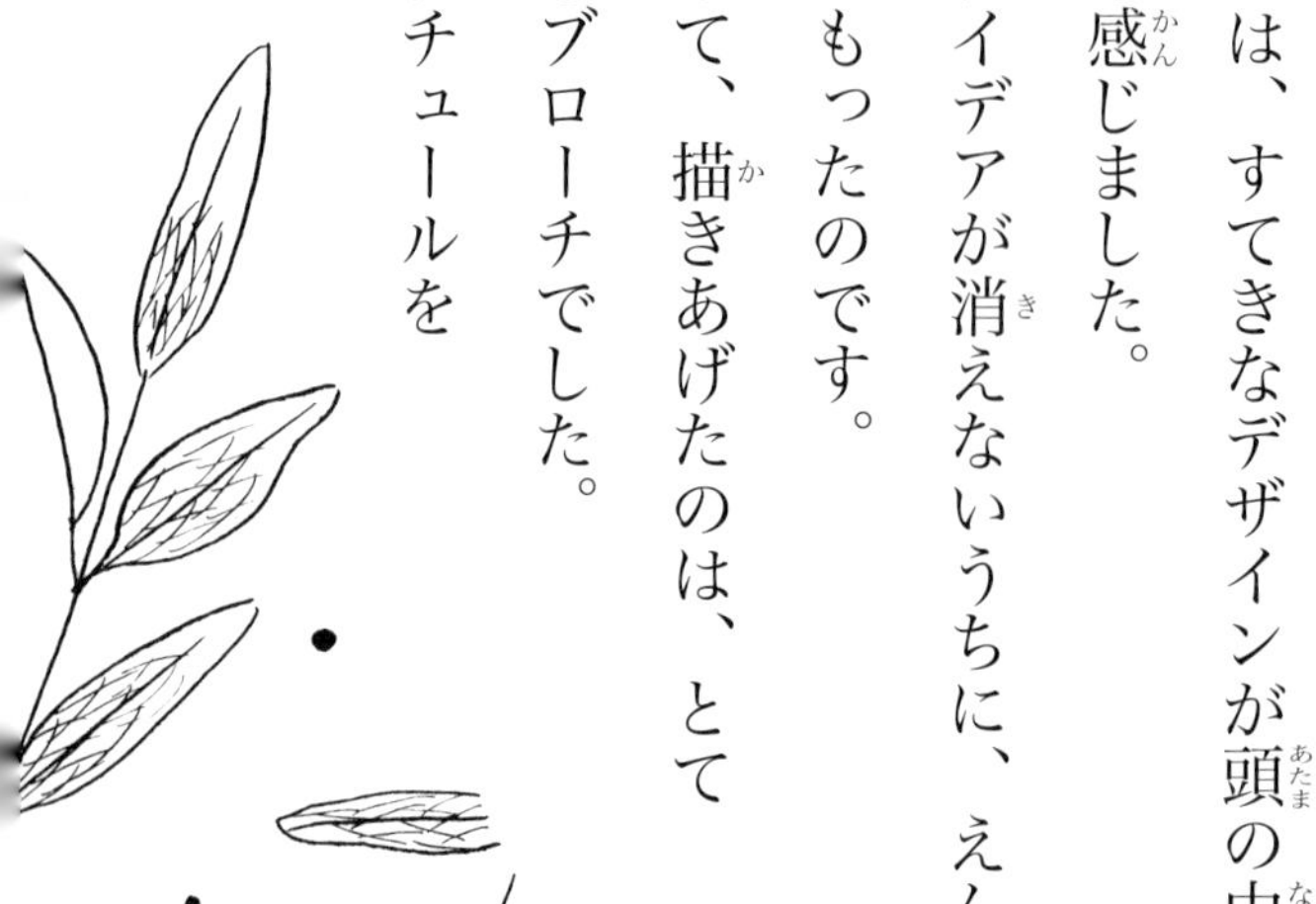

ブローチにするとき、たいていは、金《きん》や銀《ぎん》で「額縁《がくぶち》」をつくって、小《ちい》さな絵《え》のように仕立《した》てます。でもパールは、そうしませんでした。金《きん》でユーカリの葉《は》をつくり、それが風《かぜ》に吹《ふ》きつけられるようにしてミニアチュールを包《つつ》みこむデザインにしたのです。ユーカリのところどころに、アメジストとアパタイトの小《ちい》さな丸《まる》い粒《つぶ》をあしらいました。

No.
4
TITLE
ラヴィニアのミニアチュール・ブローチ

◎風にゆれているかたちの
ユーカリ（ゴールドでつくる）

〈宝石のいろ〉

青…………むらさき
ミニアチュールの
いろにあわせる

PEARL
MoonHillsMagicJewelry
Pearl

こうしてデザイン画《が》を描《か》きあげたパールは、すっかりホッとして、思《おも》わずこうつぶやいていたのです。

「ラヴィニアのお母《かあ》さんが、ずっとすこやかで、しあわせでありますように」

何気《なにげ》なく自分《じぶん》がいったその言《こと》葉《ば》に、パールは自分《じぶん》でおどろきました。いつしか、心《こころ》からそう願《ねが》うようになっていたからです。パールは自《じ》分《ぶん》を見上《みあ》げているアンバーに顔《かお》を向《む》けました。

「もしかしたら、これが『心《こころ》をこめる』ってことかしら？　アンバーが
パンケーキにかけた、しあわせの呪文《じゅもん》と同《おな》じよね？」
するとアンバーは、にやっと笑《わら》いました。
「この呪文《じゅもん》のむずかしいところが、やっとわかったようじゃないか、お
じょうちゃん」
パールは、「心《こころ》をこめる」方法《ほうほう》がわからずになやんでいたラヴィニア
にも、このことを教《おし》えてあげたい、と思《おも》ったのでした。

次《つぎ》の日《ひ》。

ブローチのデザインを見《み》たラヴィニアは大《おお》よろこびしました。

「ミニアチュールと宝石《ほうせき》が引《ひ》き立《た》てあっているわ。ありがとう、パール」

パールが宝石《ほうせき》やユーカリの意味《いみ》を教《おし》えると、ラヴィニアはますますこのデザインを気《き》に入《い》りました。思《おも》っていたとおりの特別《とくべつ》なプレゼントになると思《おも》ったからです。

コーラルもデザイン画《が》をのぞきこんで、にっと笑《わら》いました。

「さあ、今《いま》からつくりはじめるわよ、パール。キミは『アラバスタ・ルース店《てん》』に、この二つの宝石《ほうせき》を注文《ちゅうもん》して」

アラバスタ・ルース店《てん》は、ジュエリーになる前《まえ》のままの宝石《ほうせき》「ルース」を売《う》るお店《みせ》です。このまちで、いちばんむかしからあるお店《みせ》でした。パールの親友《しんゆう》のマイカは、その店《みせ》の孫《まご》なのです。

パールがルースを注文《ちゅうもん》すると、マイカと、おばあちゃんのグラニットが、明日《あした》ムーンヒルズ魔法宝石店《まほうほうせきてん》にもってきてくれることになりました。

「また明日《あした》ね、パール。すてきなデザイン画《が》をありがとう」

うれしそうなラヴィニアを、パールはじっと見上《みあ》げました。

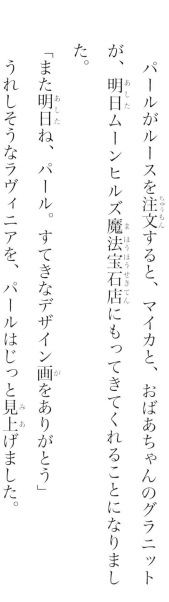

「ねえ、ラヴィニア。『心《こころ》をこめる』方法《ほうほう》は見《み》つかった？」

するとラヴィニアは首《くび》を横《よこ》にふります。

「まだよ。もしパールが見《み》つけたら、教《おし》えてちょうだいな」

そういわれて、パールはパンケーキの呪文《じゅもん》の話《はなし》をしようとしました。

けれど、思《おも》わず言葉《ことば》を飲《の》みこんだのです。

（あれ？　なんだかおかしいわ。だって、相手《あいて》のしあわせを祈《いの》ることが『心《こころ》をこめる』ことなら、リリアーノはセレニティスをとじこめるとき

に、セレニティスのしあわせを祈《いの》っていたことになるもの……。そんなこと、あるはずないわよね）

きっと、あの魔法《まほう》の筆《ふで》には、何《なに》かもっとひみつがあるにちがいありません。

「じゃあ、また明日《あした》。ごきげんよう、ラヴィニア」

パールはそれだけいうと、ほうきに飛《と》びのりました。

金色《きんいろ》の夕日《ゆうひ》の中《なか》を飛《と》びながら、パールはため息《いき》をつきました。

「マイカへのプレゼントを早《はや》く考《かんが》えなくちゃ。『心《こころ》をこめて』用意《ようい》すればいいことはわかったけれど、それだけじゃあ、プレゼントは決《き》められないわ」

画家魔女《がかまじょ》のリリアーノ

次《つぎ》の日《ひ》。

グラニットとマイカは、注文《ちゅうもん》の宝石《ほうせき》をもってムーンヒルズ魔法宝石店《まほうほうせきてん》をたずねました。コーラルとラヴィニアも、まちきれずにやってきています。

「ご注文《ちゅうもん》のアパタイトとアメジストよ、パール」

グラニットは、黒《くろ》いきぬの巾着袋《きんちゃくぶくろ》の口《くち》を開《あ》けて、パールの手《て》のひらに小《ちい》さな宝石《ほうせき》の粒《つぶ》を十四個《こ》置《お》きました。

注文《ちゅうもん》どおりの大《おお》きさにカットされた

宝石《ほうせき》が、パールの左手《ひだりて》の上《うえ》でまぶしいばかりの光《ひかり》を放《はな》ちます。パールの心《こころ》には、宝石《ほうせき》たちの声《こえ》がコーラスのように聞《き》こえていました。

〃ご家族《かぞく》にしあわせあれ！〃

〃マスターに健康《けんこう》と、長《なが》生《い》きを！〃

宝石《ほうせき》たちの声《こえ》が、ラヴィニアの願《ねが》いとそっくり同《おな》じなのを聞《き》いて、パールはうれしくなります。そのうえ、宝石《ほうせき》の色《いろ》は、ミニアチュールの背景《はいけい》に描《えが》かれた色《いろ》とよく合《あ》いそうでした。

「宝石《ほうせき》をミニアチュールとならべてみましょうよ」
コーラルがそういって、ミニアチュールをテーブルに置《お》くと、グラニットは、声《こえ》をあげます。
「まあ！　なんてみごとなミニアチュールかしら。まるでリリアーノが描《か》いた絵《え》のようだわ」
そして、ラヴィニアがリリアーノの子孫《しそん》だと知《し》ると、グラニットは感激《かんげき》しました。そのうえ、魔法《まほう》の筆《ふで》までもっていると知《し》ると、ますますおどろきます。

「ホンモノの魔法《まほう》の筆《ふで》を見《み》るのは初《はじ》めてよ。本当《ほんとう》に二本《ほん》がセットになっているのね」

物知《ものし》りなグラニットは、魔法《まほう》の筆《ふで》が二種類《しゅるい》あることを知《し》っていたのです。

「どうして二本《ほん》あるのか教《おし》えて、グラニット」

パールが聞《き》くと、グラニットはにっこりほほえみました。

「この二本《ほん》は、どっちも人《ひと》やものを絵《え》の中《なか》に入《い》れることができるのよ。青《あお》い

ほうは、裁判《さいばん》で『反省《はんせい》の絵《え》の刑《けい》』になった魔女《まじょ》を絵《え》にとじこめるのに使《つか》ったそうよ。裁判官《さいばんかん》や王《おう》さまが、とじこめる魔女《まじょ》の名前《なまえ》を青《あお》い筆《ふで》のじくに書《か》くの。それを画家魔女《がかまじょ》が使《つか》ってとじこめたのね。だから、ほら、筆《ふで》のケースに『罰《ばつ》としてこれを使《つか》う』って書《か》いてあるでしょ？」

そして、セレニティスが青《あお》ではなく赤《あか》の筆《ふで》で絵《え》の中《なか》にとじこめられたことを知《し》ると、グラニットはおどろきました。

「まあ！　セレニティスは、罰《ばつ》としてとじこめられたのではなかったの

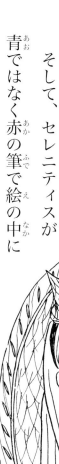

ね？　じゃあいったいどうして……？」

そういってグラニットがセレニティスの絵《え》をのぞきこむと、セレニティスは気《き》まずそうに、顔《かお》をそむけました。それでも、全員《ぜんいん》がだまったままだったので、しかたなくこういったのです。

「アンバー、おまえがお話《はな》しよ」

アンバーはしぶしぶ顔《かお》を上《あ》げると、

ゆっくりとそのときのことを話《はな》しはじめました。

というのも、それはとても気《き》まずい事件《じけん》からはじまる話《はなし》だったからです。

事件《じけん》というのは、セレニティスとアンバーが王《おう》さまをだまして、大《おお》きなダイヤモンドをとりあげたことでした。

だまされたと気《き》づいた王《おう》さまは、ダイヤモンドをとり返《かえ》そうと、兵隊《へいたい》をさし向《む》けたのです。そこまで話《はな》すと、アンバーはぶるっと身《み》ぶるいしました。

「兵隊《へいたい》につかまって、王《おう》さまの前《まえ》に連《つ》れていかれたら、どんな目《め》にあうことか。な

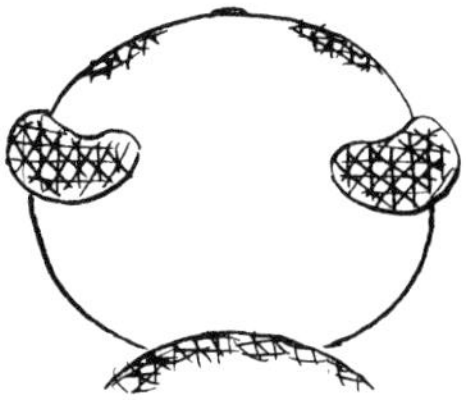

にしろそのころの王《おう》さまたちは、魔法《まほう》の力《ちから》をとりあげることもできるおそろしい魔女《まじょ》たちを、何人《なんにん》も城《しろ》に住《す》まわせていたんだからね」

セレニティスとアンバーは何度《なんど》もつかまりそうになりながら、なんとか逃《に》げのびました。

でもとうとう、ある小《ちい》さなまちへおいつめられてしまったのです。

「そのまちは、セレニティスさまの生《う》まれ故郷《こきょう》だったのさ。だから、顔見知《かおみし》りも多《おお》かったのに、だれも助《たす》けちゃくれなかった。冷《つめ》たいもんさ！」

アンバーはかわいい腕《うで》を組《く》んでプンプンと怒《おこ》りました。

「あら。でも、さんざんみんなに意地悪《いじわる》をしてきたから、だれも助《たす》けてくれなかったんでしょ？」

ラヴィニアは思《おも》わずそういいましたが、絵《え》の中《なか》のセレニティスににらまれると、あわてて口《くち》をつぐみました。アンバーは肩《かた》をすくめると、こう話《はなし》をつづけます。

「とにかくだ。そんな連中《れんちゅう》の中《なか》にも、おれさまたちが逃《に》げるのに協力《きょうりょく》しようって魔女《まじょ》が一人《ひとり》だけいたんだ。それがリリアーノだったのさ」

8

反省《はんせい》の絵《え》

リリアーノとセレニティスは、小《ちい》さいときからの知《し》りあいでした。やさしいリリアーノは、いつもセレニティスのみかたをしてくれました。ですから、兵隊《へいたい》たちにおわれて、セレニティスたちが最後《さいご》に逃《に》げこんだのも、リリアーノのアトリエだったのです。

そこまで聞《き》いて、グラニットが大《おお》きくうなずきました。

「そのアトリエに、この『反省《はんせい》の絵《え》』があったのね、アンバー。そのときにはまだ何《なに》も描《か》かれていない、空《から》っぽの絵《え》だったはずよ」

アンバーはうなずきました。

『反省《はんせい》の絵《え》』は魔法《まほう》の筆《ふで》のためだけにつくられた絵《え》でした。カンヴァスには、あらかじめメーターが描《か》きこまれています。魔法《まほう》の筆《ふで》で絵《え》の中《なか》に入《い》れられた人《ひと》が反省《はんせい》すると、メーターが動《うご》くしくみでした。そしてメーターの目盛《めも》りがいっぱいになると筆《ふで》の魔法《まほう》がとけて、絵《え》から出《で》てこられるというわけなのです。

五百年前《ねんまえ》。子《こ》どもたちはちょっとした悪《わる》さをすると、画家《がか》のアトリエに連《つ》れてこられました。そして赤《あか》い筆《ふで》の魔法《まほう》で、反省《はんせい》するまで『反省《はんせい》の絵《え》』に入《い》れられたのです。

もちろん、今《いま》ではそんなことはありません。このしばらく後《あと》には、『反省《はんせい》の絵《え》』の魔法《まほう》は禁止《きんし》されたからです。

でもそのころは、子《こ》どもならだれだって一度《いちど》くらい『反省《はんせい》の絵《え》』に入《はい》ったことがありました。そして、いろいろなまちの絵《え》描《か》きのアトリエには、メーターのついた空《から》っぽ

の『反省《はんせい》の絵《え》』と魔法《まほう》の筆《ふで》があったのです。もしかしたらそのころの子《こ》どもたちは、『悪《わる》いことをすると、絵《え》に入《い》れるわよ』といわれていたのかもしれません。

「こわいわ、グラニットおばあちゃん。子《こ》どもを絵《え》にとじこめるなんて」

マイカは思《おも》わずそうさけんで、パールにしがみつきました。

「そうじゃないのよ、マイカ。魔法《まほう》の筆《ふで》は赤《あか》も青《あお》も、『憎《にく》しみ』や『意《い》地悪《じわる》』では使《つか》えないようになっていたから、だいじょうぶなの。赤《あか》い筆《ふで》

は、少《すこ》しでも意地悪《いじわる》な気持《きも》ちで使《つか》おうとすると、魔法《まほう》が効《き》き目《め》をあらわさなかったって伝《つた》えられているわ。だから、すべての画家魔女《がかまじょ》がこの筆《ふで》の魔法《まほう》を使《つか》えたわけじゃなかったはずよ。魔法《まほう》の筆《ふで》を使《つか》えるのは、心《こころ》がきれいで、人《ひと》のしあわせを心《こころ》から願《ねが》える画家魔女《がかまじょ》だけだったの。リリアーノはそういう魔女《まじょ》だったのよ」

そして、マイカとパールにやさしくほほえんでつづけました。

「それにね、マイカ、パール。しかられた理由《りゆう》がよくわからないときでも、一人《ひとり》になってよく考《かんが》えてみるとわかることも

あるでしょ？　そんなふうに一人《ひとり》になる時間《じかん》がこの絵《え》の中《なか》にあるって考《かんが》えてみたらどうかしら。赤《あか》い筆《ふで》は、画家魔女《がかまじょ》が絵《え》の中《なか》に入《い》れる子《こ》どものしあわせを心《こころ》から願《ねが》ったときだけ、その魔法《まほう》の力《ちから》をあらわしたのよ。子《こ》どもたちは、たいてい一時間《じかん》もしないうちにすっかり反省《はんせい》して絵《え》から出《で》てきたって伝《つた》えられているわ」

それを聞《き》いてパールは、どうして赤《あか》い筆《ふで》のケースに「心《こころ》をこめてこれを使《つか》う」と書《か》いてあるのかがわかりました。「心《こころ》をこめる」とは、やっぱりだれかのしあわせを心《こころ》から願《ねが》うことだったのです。

グラニットの話《はなし》が終《お》わると、アンバーは先《さき》をつづけました。

「リリアーノは、おれさまたちをこっそりアトリエに入《い》れてくれた……」

セレニティスたちをアトリエに入《い》れると、リリアーノはドアにカギをかけ、そっと窓《まど》の外《そと》のようすをうかがいました。そして目《め》を見張《みは》ったのです。兵隊《へいたい》にまじって、王《おう》さままでやってきたからです。王《おう》さまのとなりには、えらそうなようすのおつきの魔女《まじょ》も。きっとおそろしい魔法《まほう》の力《ちから》をもっているにちがいありません。

「いったいどんな悪《わる》いことをしたの？　セレニティス」

そういうリリアーノに、セレニティスはバッグから大《おお》きなダイヤモンドをとりだして、テーブルの上《うえ》にのせました。

話《はなし》を聞《き》いたリリアーノは、ダイヤを今《いま》すぐ王《おう》さまに返《かえ》すようにすすめます。でも、セレニティスはいやがりました。

そうして、かくれられそうな場所《ばしょ》をさがしているあいだにも、王《おう》さまのおつきの魔女《まじょ》が魔法《まほう》でドアのカギをユラユラと開《あ》けはじめたのです。

もう時間《じかん》がありません。

「だいじょうぶよ。かくまってあげるわ、セレニティス！」

そういって、リリアーノは赤《あか》い筆《ふで》を手《て》にとりました。

「何《なに》をする気《き》だい？　おやめよ、おやめったら！　リリアーノ……」

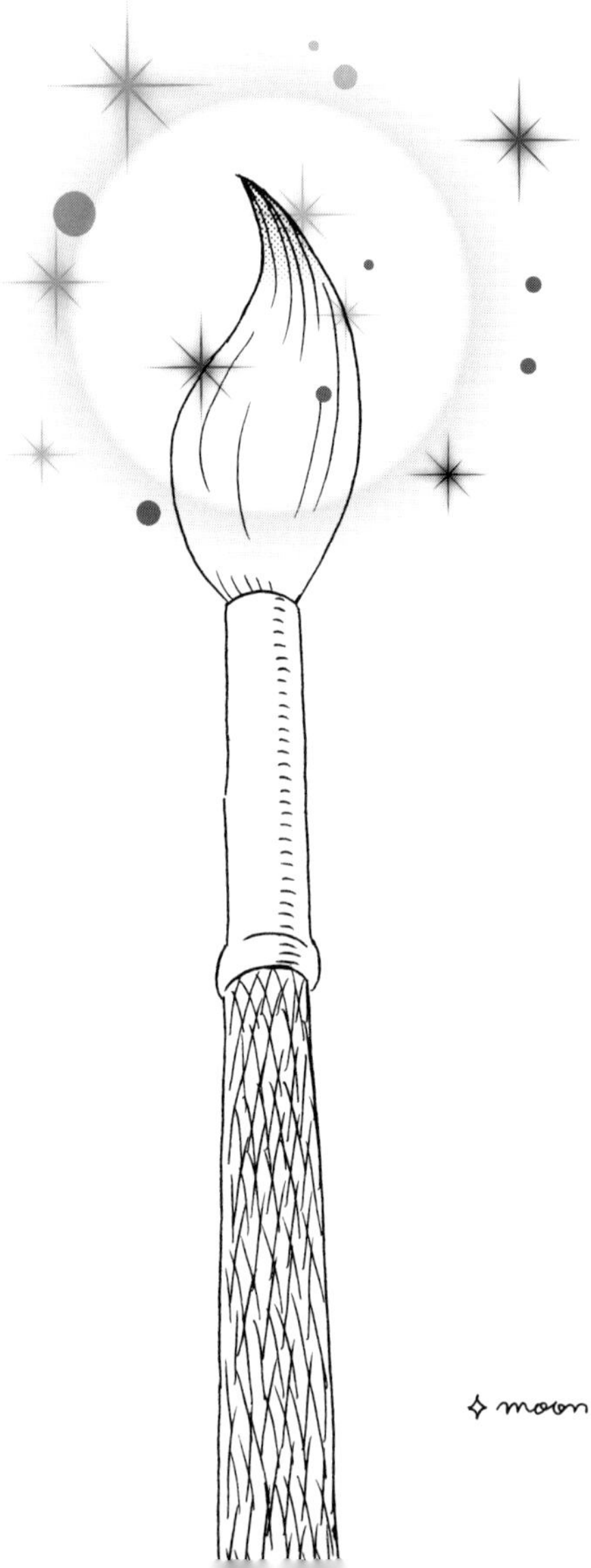

9

とじこめられたセレニティス

……そうしてカギが開《あ》いて王《おう》さまたちが入《はい》ってくると、そこにセレニティスはいませんでした。そのかわりに、セレニティスの絵《え》が置《お》いてあったのです。リリアーノはテーブルの上《うえ》のダイヤを王《おう》さまにさしだしました。

「セレニティスは、これを王《おう》さまに返《かえ》してほしいといっていました。とても反省《はんせい》して、自分《じぶん》を『反省《はんせい》の絵《え》』に入《い》れておくれといって、ここへやってきたのです。このとおり、今《いま》は絵《え》の中《なか》ですから、もう王《おう》さまが連《つ》れていくことはできません」

王《おう》さまは、お気《き》に入《い》りのダイヤがもどってきげんを直《なお》しますが、おつきの魔女《まじょ》はくやしがります。意地悪《いじわる》なセレニティスにおそろしい罰《ばつ》をあたえようと、あれこれ考《かんが》えていたからです。でも、『反省《はんせい》の絵《え》』に入《はい》ったからには、自分《じぶん》で反省《はんせい》して出《で》てこないかぎり、だれかが引《ひ》っぱり出《だ》すことはできません。

そのうえ、めしつかい猫《ねこ》のアンバーの姿《すがた》もアトリエにはありませんでした。

ここにいるのは、ものすごくかわいい子《こ》パンダだけです。おつきの魔女《まじょ》が、子《こ》パンダに「元《もと》の姿《すがた》におもどり！」と呪文《じゅもん》をかけますが、その姿《すがた》は変《か》わりませんでした。こんなこともあろうかと、リリアーノはセレニティスだけがアンバーを元《もと》の姿《すがた》にもどせる変身《へんしん》の魔法《まほう》をかけたのです。絵《え》の中《なか》のセレニティスには魔法《まほう》は使《つか》えませんから、だれにもアンバーの本当《ほんとう》の姿《すがた》を知《し》られることはありません。

「これがあのアンバーのはずがないだろう。なあ、かわいい子《こ》パンダちゃんや」

王《おう》さまはアンバーの頭《あたま》をなでたあと、絵《え》をじっと見《み》て、こういって帰《かえ》っていきました。

「こりゃあ、子《こ》ども用《よう》の『反省《はんせい》の絵《え》』じゃないか。十回《かい》も反省《はんせい》すればすぐに出《で》てこられるやつだ。わたしも子《こ》どものころ、何回《なんかい》か入《い》れられたもんさ。セレニティスの罰《ばつ》にはあますぎるが、ダイヤもわが手《て》にもどったことだし、これでゆるしてやろう」

アンバーの話《はなし》を聞《き》き終《お》わると、ラヴィニアがあきれたようすでいいました。

「きっとリリアーノも、セレニティスはすぐ出《で》てくるって思《おも》っていたはずよ。だれだって、一時間《じかん》もあれば出《で》てこられたんですもの。リリアーノは、自分《じぶん》が年《とし》をとって病気《びょうき》がちになるころになっても、セレニティスがまだ絵《え》から出《で》てこなかったものだから、あんな遺言《ゆいごん》を書《か》いたのね」

みんながうなずくと、セレニティスはイライラした声《こえ》をあげました。

「王《おう》さまが帰《かえ》ってから、あたしはすぐに絵《え》から出《だ》すようにいったんだ！でもリリアーノはできないっていうじゃないか。この絵《え》には魔法解除《まほうかいじょ》のメーターがセットされているから、それ以外《いがい》の方法《ほうほう》では出《で》られないって。このいまいましいメーターが10になるまではね。リリアーノはまったくひどい魔女《まじょ》さ」

そう聞《き》くと、コーラルがこういいました。

「わたしはそうは思《おも》わないわ、セレニティス。だって、リリアーノは赤《あか》い筆《ふで》を使《つか》ったのよ。それはだいじなことじゃないかしら。セレニティスのしあわせを心《こころ》から願《ねが》っていた証拠《しょうこ》だもの。だからセレニティスを絵《え》の中《なか》に入《い》れて、王《おう》さまやおそろしい魔女《まじょ》の魔法《まほう》から守《まも》ったのよ」

その言葉《ことば》に、セレニティスのほおはみるみるバラ色《いろ》にそまりました。それを見《み》せまいとして後《うし》ろを向《む》くと、腰《こし》に手《て》をあてました。

「赤《あか》でも青《あお》でも、絵《え》の中《なか》にとじこめたってことには、変《か》わりはないじゃないか。今《いま》じゃあ、教科書《きょうかしょ》にだって『セレニティスは罰《ばつ》としてとじこめ

られた』って書《か》いてあるんだからね」

すると今度《こんど》は、パールが思《おも》いきって顔《かお》を上《あ》げると、キッパリといったのです。

「でも、セレニティスが

意地悪魔女《いじわるまじょ》だったのは本当《ほんとう》のことでしょ？みんなが罰《ばつ》としてとじこめられているって思《おも》うのもとうぜんよ。それに、セレニティスが今《いま》でも絵《え》から出《で》てこられないのは、自分《じぶん》のせいだわ。みんなは、すぐに反省《はんせい》して、絵《え》から出《で》てきたんですもの」

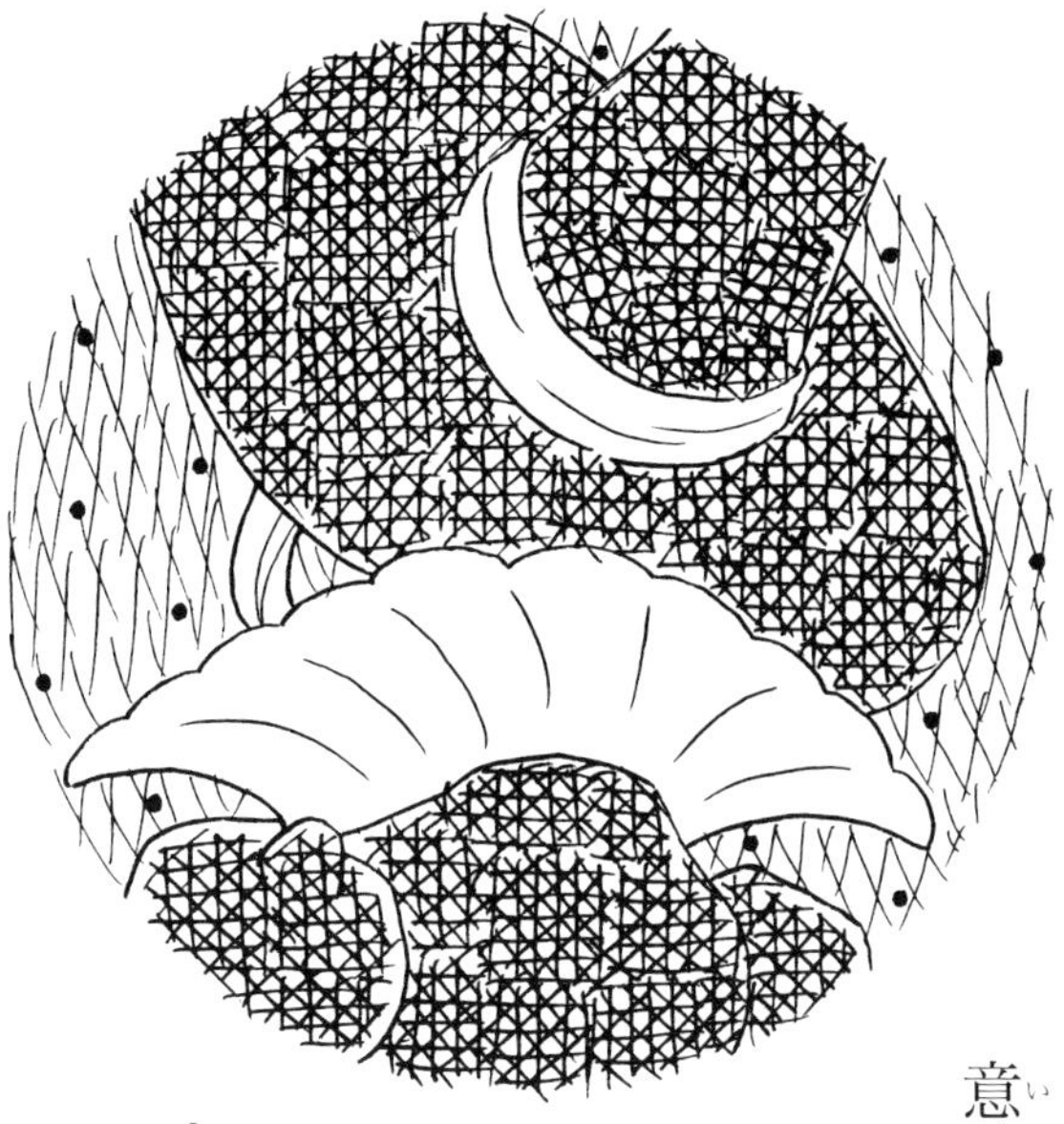

そう聞《き》くと、セレニティスはプイッと絵《え》のおくに引《ひ》っこんで、かくれてしまいました。

そうしてみんなが帰《かえ》っていった後《あと》、パールはムーンヒルズ魔《ま》法《ほう》宝《ほう》石《せき》店《てん》の前《まえ》の階段《かいだん》に一人《ひとり》ですわりこんだのです。

（わたし、いいすぎたかしら……）

じっとうつむいていると、自分《じぶん》の名《な》前《まえ》をよぶ声《こえ》が聞《き》こえてきました。

「パール！」

その声《こえ》に顔《かお》を上《あ》げると、さっきグラニットと帰《かえ》っていったマイカ

がもどってくるのが見《み》えました。

「忘《わす》れもの？　マイカ」

マイカは首《くび》を横《よこ》にふると、小《ちい》さなデイジーでつくった指輪《ゆびわ》をさしだしました。

「野原《のはら》にデイジーが咲《さ》いているのを見《み》つけたの。わたし、毎年《まいとし》これで指輪《ゆびわ》をつくるのよ。すぐにしおれちゃうけど、宝石《ほうせき》の指輪《ゆびわ》と同《おな》じくらいきれいでしょ？」

やさしいマイカは、パールを元気《げんき》づけようと、このためだけにもどってきてくれたのです。

「ありがとう、マイカ。とってもかわいい指輪《ゆびわ》だわ」

パールの心《こころ》はたちまちあたたかくなりました。さっきまでとは、まるでちがう気持《きも》ちです。このときのパールには、どんな宝石《ほうせき》のついた指輪《ゆびわ》をもらうより、マイカのつくった野《の》の花《はな》の指輪《ゆびわ》のほうがずっと価値《かち》があったのです。

パールはこう思《おも》いました。

（これが特別《とくべつ》なプレゼントなんだわ。コーラルのいうとおりだった。りっぱだったり、めずらしかったりしなくても、こんなにうれしいんですもの。わたしもこんなすてきなプレゼントを誕生日《たんじょうび》にマイカにあげたい……）

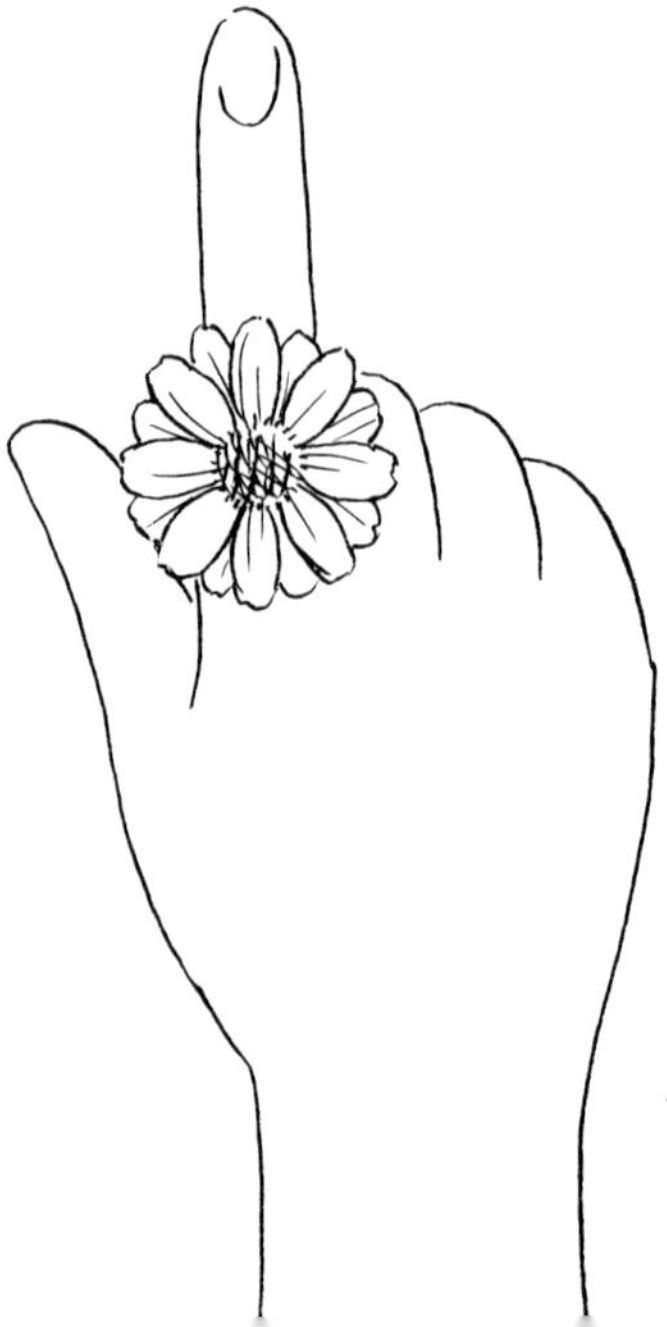

デイジーの指輪《ゆびわ》

こうして何日《なんにち》かすぎたころ。

コーラルはラヴィニアのミニアチュールでブローチをつくりあげました。

よろこぶラヴィニアのとなりで、パールはため息《いき》をつきます。

「こんなミニアチュールをプレゼントされたら、しあわせでしょうね。わたしもマイカにこんなすてきなものをつくってあげられたらいいのに……」

それを聞《き》いて、またコーラルの顔《かお》がくもります。

とそのとき、パールの左《ひだり》のポケットがむずむずしました。ペリドットがパールと話《はな》したがっているのです。パールがポケットに左手《ひだりて》を入《い》れてそっと宝石《ほうせき》にふれると、はげます声《こえ》が心《こころ》にひびいてきました。

〝マスター。アンバーのパンケーキの呪文《じゅもん》を思《おも》い出《だ》して……〟

それを聞《き》いて、パールはハッとします。

（そうだったわ。だいじなのは、見《み》た目《め》がきれいなことや、材料《ざいりょう》が高価《こうか》なことじゃなかった。いちばんだいじなのは、パンケーキをおいしくしたあのしあわせの呪文《じゅもん》！　マイカのしあわせを願《ねが》う呪文《じゅもん》よ）

そして、にっこりと顔《かお》を上《あ》げて、ラヴィニアを見《み》つめたのです。

「わたしもミニアチュールが描《か》きたいの。教《おし》えてもらえる？」

それを聞《き》いて、コーラルの顔《かお》が初《はじ》めてはればれとかがやきました。

「いい考《かんが》えだわ、パール！　キミのその言葉《ことば》をまってたのよ！」

でも、ラヴィニアはこまった顔《かお》です。

「教《おし》えてあげたいけど、エナメルでミニアチュールを描《か》くのはとてもむずかしいし、時間《じかん》がかかるのよ」

そういってから、コーラルのアトリエを見回《みまわ》すと、よい考《かんが》えを思《おも》いつきました。

「そうだわ、かわりに七宝焼《しっぽうや》きをつくるのはどうかしら？　コーラルが七宝焼《しっぽうや》きをつくる小《ちい》さな炉《ろ》をもっているの。エナメルを焼《や》きつけるミニアチュールと、七宝焼《しっぽうや》きはとてもよく似《に》ているのよ」

「わたしでも、できるかしら？」

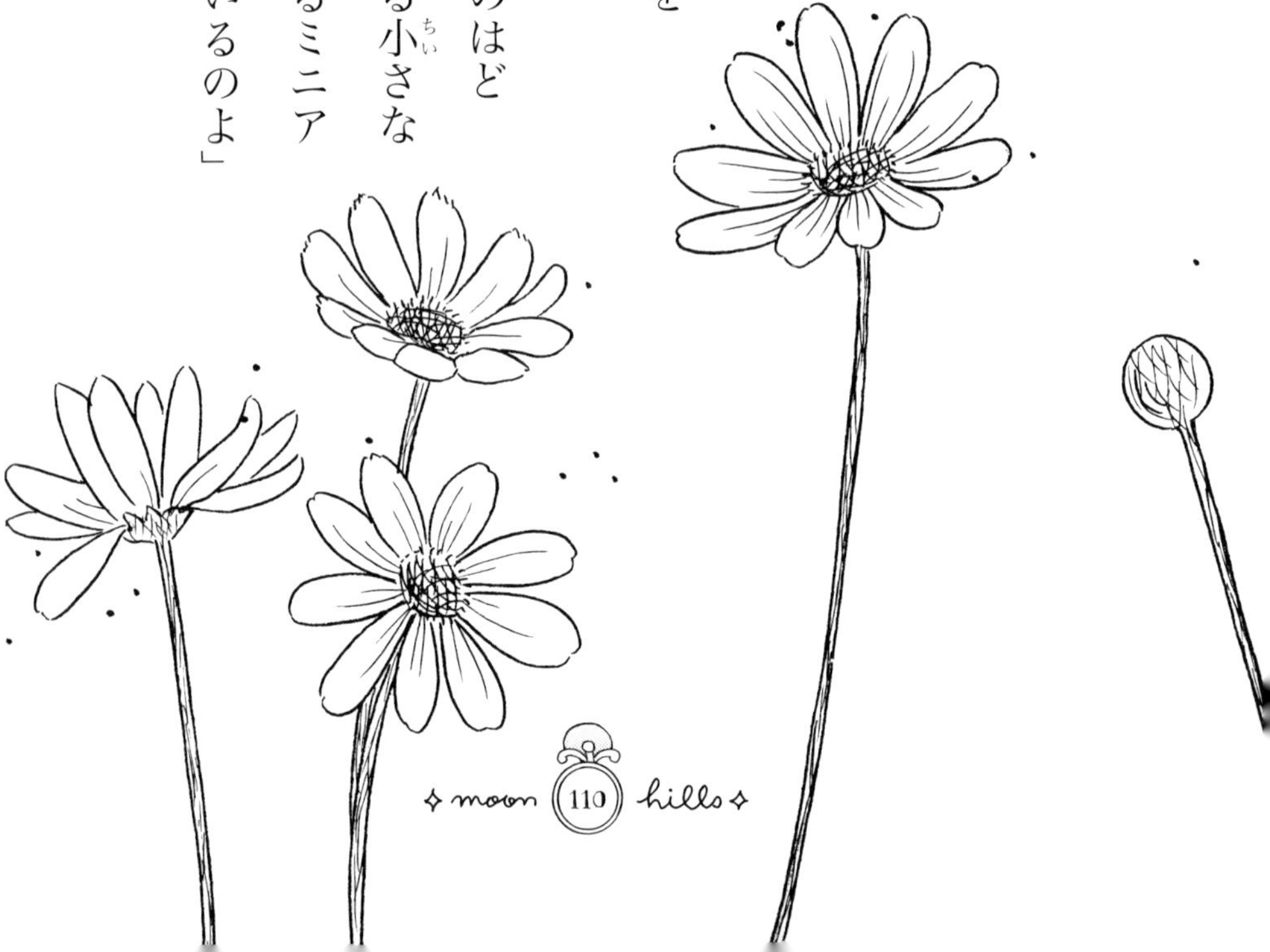

そう聞《き》くと、コーラルがすぐに材料《ざいりょう》をもってきました。

「もちろんよ！　で、キミはどんなものをつくりたいの？」

そのときパールの心《こころ》に思《おも》いうかんだのは、マイカからもらった野《の》の花《はな》の指輪《ゆびわ》です。

「お花《はな》の指輪《ゆびわ》がつくりたいわ！　デイジーがつくれるといいんだけど」

すると、コーラルとラヴィニアは顔《かお》を見《み》合《あ》わせてにっこりしました。

それは七宝焼《しっぽうや》きでつくるのに、ピッタリだったからです。

「まずは、つくりたいサイズでデイジーの絵《え》を描《か》いて。そのシルエットを、このうすい銅《どう》の板《いた》に書《か》き写《うつ》すのよ」

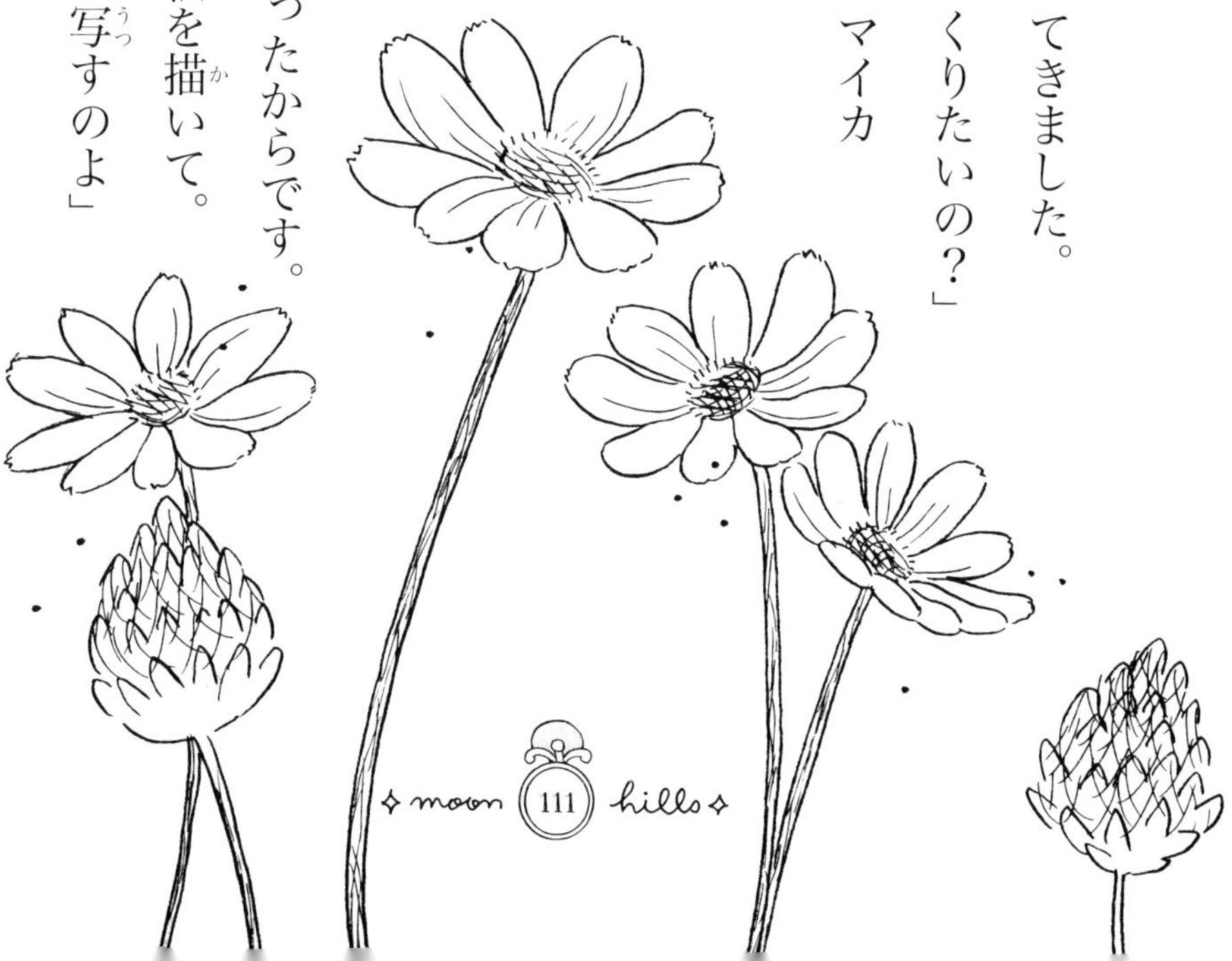

パールが銅《どう》の板《いた》に書《か》き写《うつ》すと、コーラルが金属《きんぞく》を切《き》るはさみをもってきました。そして、書《か》き写《うつ》したとおりに銅《どう》の板《いた》を切《き》りとります。これをきれいにみがきあげて、いよいよ絵《え》の具《ぐ》をぬるのです。

「デイジーは白《しろ》いから、まず全体《ぜんたい》に白《しろ》い絵《え》の具《ぐ》をぬりましょう」

ラヴィニアはそういって、絵《え》の具《ぐ》の入《はい》ったカップをもってきました。

「この絵《え》の具《ぐ》は『釉薬《うわぐすり》』

といって、ガラスの粉《こな》や、色《いろ》のもとになる成分《せいぶん》でできているのよ」

「釉薬《うわぐすり》」は、少《すこ》しの水《みず》にたくさんのグラニュー糖《とう》をまぜたときのように、溶《と》けきらずにざらざらしたようすをしていました。パールはそれをデイジーの形《かたち》に切《き》った銅《どう》の板《いた》にぬりつけていきました。ぬった釉薬《うわぐすり》をよくかわかしてから、炉《ろ》に入《い》れて高《たか》い温度《おんど》で焼《や》くのです。

そうしてデイジーのシルエットの形《かたち》をしたツヤツヤの白《しろ》い七宝焼《しっぽうや》きが焼《や》きあがりました。この中央《ちゅうおう》に、花《はな》のしんにする丸《まる》く黄色《きいろ》いガラスの粒《つぶ》を置《お》いて、もう一度《いちど》焼《や》けばできあがりです。

「花《はな》びらのふちをうすいピンクにしたらどうかしら？」

パールがそういうと、すぐにコーラルが透明《とうめい》のピンクの釉薬《うわぐすり》をもってきてくれました。

こうして二回目《かいめ》に炉《ろ》に入《い》れるとき、パールはマイカのよろこぶ顔《かお》を思《おも》いうかべたのです。

（マイカのあたらしい一年《ねん》が、しあわせでいっぱいになりますように）

そう願《ねが》って、炉《ろ》の扉《とびら》を閉《し》めました。

炉《ろ》から出《だ》したデイジーの七宝焼《しっぽうや》きに、金色《きんいろ》の指輪《ゆびわ》の台《だい》をつければプレゼントのできあがりです。

少《すこ》し釉薬《うわぐすり》がはみだしたり、銅《どう》の板《いた》がうまく切《き》れていないところもありましたが、パールはとても満足《まんぞく》でした。

これ以上《いじょう》ないほど、『心《こころ》をこめた』と思《おも》えたからです。

「どんなジュエリーをつくるときにも、この気《き》持《も》ちを忘《わす》れずにいよう」

そうつぶやいたとき、アンバーがセレニティスにパンケーキをつくってあげるときの気《き》持《も》ちがよくわかりました。

そしてパールは、こういい直《なお》すことにしたのです。

「ジュエリーをつくる時《とき》以外《いがい》でも、いつでもこの気《き》持《も》ちを忘《わす》れずにいよう」

11

マイカの誕生日《たんじょうび》

マイカの誕生日《たんじょうび》がやってきました。

パールとアンバーは店《みせ》でテーブルの用意《ようい》をはじめています。そのようすを、セレニティスはほおづえをついて見《み》ていました。

「なんだって、うちの店《みせ》でマイカの誕《たん》生会《じょうかい》をやるのさ？　パール。うるさくてかなわないじゃないか」

するとパールはクスッと笑《わら》います。

「マイカがセレニティスもパーティに招待《しょうたい》したからよ。セレニティスの絵《え》をアラバスタ・ルース店《てん》に運《はこ》ぶのはたいへんだもの」

そう聞《き》くと、セレニティスの口《くち》のはしがひくひくと動《うご》きました。それがほほえみをこらえている証拠《しょうこ》なのは、もうパールにはわかります。

そのとき、コーラルとラヴィニアがいろいろなごちそうをもってやってきました。

「ごきげんいかが？　セレニティス」

「よくないよ。やかましいったらないね」

セレニティスはそういいましたが、アンバーにいいつけて、テーブルに花《はな》をかざらせたり、いちばん上等《じょうとう》なお皿《さら》をもってこさせたりしました。そうしてマイカとグラニットがやってくると、パーティがはじまったのです。

「わたしの誕生日《たんじょうび》パーティにきてくれてありがとう。セレニティス。このおいしいごちそう、セレニティスにも食《た》べさせてあげたいわ」

マイカがそういうと、ラヴィニ

アが、魔法《まほう》の筆《ふで》をもって立《た》ち上《あ》がりました。

「まかせてちょうだい。わたし、今《いま》なら赤《あか》い魔法《まほう》の筆《ふで》を使《つか》えると思《おも》うの！　心《こころ》をこめてやってみるわ」

ところが、セレニティスはこういったのです。

「もういいんだよ。ラヴィニア。絵《え》の中《なか》じゃあ、何《なに》も不自由《ふじゆう》してないからね。ごちそうを食《た》べるのも、絵《え》から出《で》たときの楽《たの》しみにとっておくよ。メーターはなかなか動《うご》かないけど、うまく行《い》かないのはよくあることさ。それをリリアーノのせいにしたって、何《なに》も変《か》わりゃしない」

みんながビックリしてセレニティスを見《み》つめると、セレニティスは目《め》をすがめてつづけました。

「にぶいねえ、わからないのかい？　あたしはリリアーノをゆるしたのさ。もともと、あたしを助《たす》けようとしてやったことなんだからね。だから子孫《しそん》のラヴィニアもあたしにわびる必要《ひつよう》なんてないんだよ」

とそのとき、絵《え》の中《なか》のメーターがゆらっと動《うご》きました。そしてゆっくりと右《みぎ》へ動《うご》き、一目盛《ひとめも》り上《あ》がったのです。

「わあ！　おめでとう、セレニティス！」

「やっぱり、ごちそうを食《た》べて、お祝《いわ》いしなくちゃ」

マイカがそういったとき、パールがキッチンから顔《かお》を出《だ》しました。

「そうよ、セレニティス。これも食《た》べたくないの？」

そういって運《はこ》んできたのは、パンケーキです。

「わたしとアンバーでつくったのよ。セレニティスのための呪文《じゅもん》もかけたわ」

今度《こんど》こそ、とラヴィニアは立《た》ち上《あ》がると、深呼吸《しんこきゅう》をしてからパンケーキの皿《さら》をひとなでしました。すると、赤《あか》い光《ひかり》の粒《つぶ》がまるで絵《え》の具《ぐ》をまとうように筆《ふで》のまわりにあらわれたのです。

その光《ひかり》の絵《え》の具《ぐ》を、セレニティスの絵《え》にぬるようにひとなでした瞬間《しゅんかん》、テーブルの上《うえ》のパンケーキの皿《さら》がスッと消《き》えました。そしてセレニティスの手《て》の上《うえ》にあらわれたのです。

「成功《せいこう》よ！」

そうさけぶラヴィニアに、セレニティスはこういいました。

「フォークがないじゃないか！　まったく気《き》がきかないねえ」

誕生日《たんじょうび》パーティは、それからもにぎやかにつづきました。

アンバーは、コーラルと乾杯《かんぱい》しています。ラヴィニアは、できあがったブローチをセレニティスとグラニットに見《み》せました。

ムーンヒルズ魔法宝石店《まほうほうせきてん》がこんなにたくさんの人《ひと》の声《こえ》でいっぱいになるのは、どれくらいひさしぶりのことでしょう。そうしてパールはマイカに、小《ちい》さな箱《はこ》をさしだしました。

「お誕生日《たんじょうび》のプレゼントよ、マイカ」

マイカは目《め》をかがやかせて、その箱《はこ》を受《う》けとると、そっと開《ひら》いたのです。そして、その目《め》のかがやきは、箱《はこ》の中《なか》の指輪《ゆびわ》を見《み》るといっそう美《うつく》しくなりました。

「まあ！　パールがつくってくれたの？　どんなプレゼントよりうれしいわ。わたしの好《す》きなお花《はな》の指輪《ゆびわ》……。ありがとう、パール！」

七宝焼《しっぽうや》きの小《ちい》さな花《はな》は、マイカの指《ゆび》の上《うえ》で美《うつく》しく咲《さ》きほこります。このデイジーは、決《けっ》してしおれたりしない二人《ふたり》の友《ゆう》情《じょう》のようでした。

この特別《とくべつ》なプレゼントが、たちまちマイカの宝物《たからもの》になったのはいうまでもありません。

二人《ふたり》は顔《かお》を見合《みあ》わせると、にっこりと笑《わら》いました。

そのようすを、アンバーとコーラルがそっと見《み》ています。

「誕生日《たんじょうび》おめでとう！　マイカ」

パールは「心《こころ》をこめて」そういいました。

ざいりょう & どうぐ

とうめいなプラバン、色のすけないマーカー（ポスカなどの水《すい》性《せい》顔《がん》料《りょう》マーカー）、はさみ、アルミホイル、オーブントースター、クッキングシート、本、はし、ようじ、せっちゃくざい、ビニールタイ（ラッピング用にコーティングされたはりがね）、フェルト、ラインストーンシール

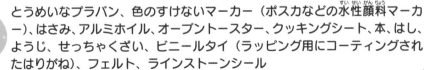

お花の絵をかく

1 129ページのかたがみに、プラバンをかさね、花のいろのマーカーでりんかくをなぞり、かわかします。

2 花の「しん」や「せん」を 1 とちがういろでかいて、かわかします。

3 2 がかわいたら、とうめいなぶぶんを花のいろでぬりつぶします。

4

りんかくせんにそってはさみで切りとります。

※いろをぬっためんが「うら」になります。

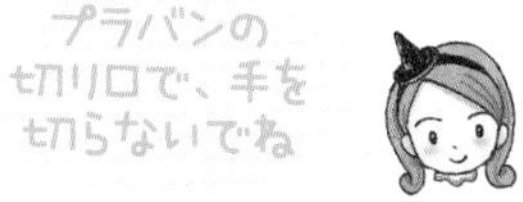

POINT
3 でムラになっても気にするな

プラバンの切り口で、手を切らないでね

やくじゅんび

A

アルミホイルをくしゃくしゃにしてオーブントースターに入れます。

B

クッキングシートをおって、本にはさみ、ひらいておきます。

やく

※やけどにちゅうい

5 いろをぬっためんを上にして、はしで 4 を入れます。
1こずつつくりましょう。

6 やきはじめたら、ずっと見ていてね。くしゃっとそりかえって、すぐにもどりはじめ、たいらになります。

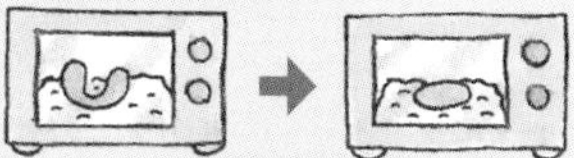

130℃をこえると、ちぢみはじめます。

7

たいらになったら、はしですぐにとりだして、B のクッキングシートにはさみ、本をとじてぎゅっとおします。

じかんのめやす

●トースターが 600W のとき
ちぢみはじめる　約 45 秒
➡ たいらになる　約 80 秒

●トースターが 800W のとき
ちぢみはじめる　約 35 秒
➡ たいらになる　約 55 秒

お花をつくる

8 2つのパーツをうらがえして、かさなるところに、ようじでせっちゃくざいをつけ、はりあわせます。

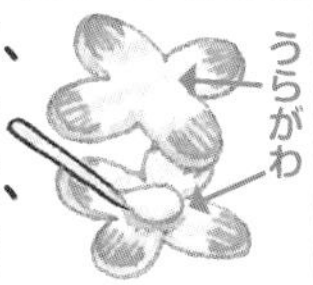

うらがわ

うえ

9 8 がかたまったら、おもてがわのまん中にラインストーンシールをはります。

9 は 12 のあとにしても OK!

ゆびわをつくる

C 4ミリはばのビニールタイを切ります。

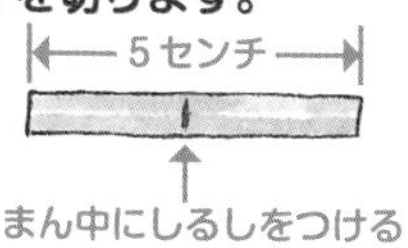

5センチ
まん中にしるしをつける

はりがねに気をつけてね

D フェルトを切ります。

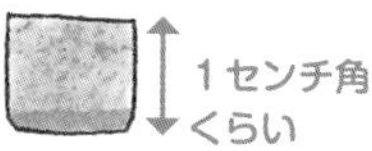

1センチ角くらい

10 花のうらのまん中に、せっちゃくざいをぬり、ビニールタイの中心にはりつけます。

11 10 がうごかなくなったら、D のフェルトにせっちゃくざいをぬって 10 にはりつけます。

12 11 がかたまったら、ゆびにあわせてビニールタイをまげます。

❤ビニールタイのかわりに、「こども用」や「おとなのこゆび用」のゆびわパーツにお花をつけると、しっかりしたゆびわになります。

かならずおとなの人といっしょにつくりましょう。とてもあつくなるので、やけどにちゅういしてね。プラバンのとがったぶぶんにも、気をつけてね。

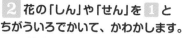

あんびるやすこ

群馬県生まれ。東海大学文学部日本文学科卒業。テレビアニメーションの美術設定を担当。その後、玩具の企画デザインの仕事に携わり、絵本・児童書の創作活動に入る。主な作品に、「ルルとララ」シリーズ、「なんでも魔女商会」シリーズ、「アンティークFUGA」シリーズ（以上、岩崎書店）、「魔法の庭ものがたり」シリーズ（ポプラ社）、『せかいいちおいしいレストラン』、「こじまのもり」シリーズ（ともにひさかたチャイルド）、『妖精の家具、おつくりします。』『妖精のぼうし、おゆずりします。』（ともにPHP研究所）などがある。
公式ホームページ「ちいさなしっぽ協会」http://www.ambiru-yasuko.com/

ジュエリーレシピ協力　金丸昭子
取材協力　専門学校ヒコ・みづのジュエリーカレッジ
シリーズマーク／いがらし みきお

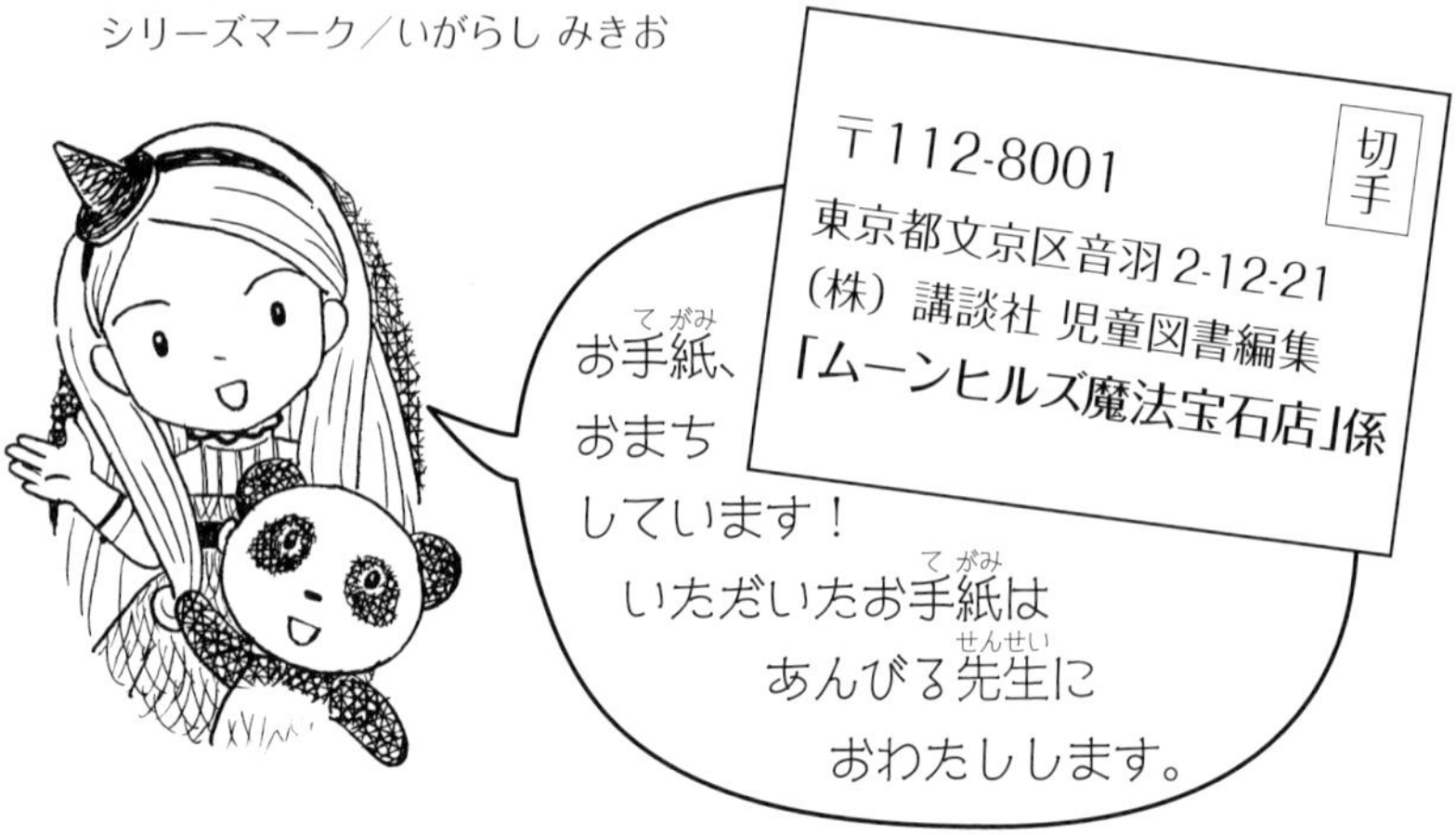
〒112-8001
東京都文京区音羽2-12-21
（株）講談社 児童図書編集
「ムーンヒルズ魔法宝石店」係
切手
お手紙《てがみ》、おまちしています！
いただいたお手紙《てがみ》はあんびる先生《せんせい》におわたしします。

わくわくライブラリー
ムーンヒルズ魔法宝石店《まほうほうせきてん》4 魔法《まほう》の絵筆《えふで》としあわせの呪文《じゅもん》

2020年7月30日　第1刷発行

作・絵　あんびるやすこ

デザイン　祝田ゆう子
データ制作　脇田明日香

発行者　渡瀬昌彦
発行所　株式会社講談社
〒112-8001 東京都文京区音羽2-12-21
電　話　編集 03-5395-3535
販売 03-5395-3625
業務 03-5395-3615
印刷所　凸版印刷株式会社
製本所　島田製本株式会社

N.D.C.913 127p 22cm ©Yasuko Ambiru 2020 Printed in Japan ISBN978-4-06-519113-2
本書は書き下ろしです。

Girl's Craft
かたがみ
プラバンで
手をきらないように
気をつけてね
つくりかたは
127ページに
あるぜ！
ポピー
パンジー
（下）
パンジー
（上）
パンチで
あなをあける
きりとりせんの
めやす
デイジー
（上）
デイジー
（下）
A